リトル・マーメイド～星のネックレス～

アラジン～宝石の果樹園～

講談社KK文庫

リトル・マーメイド
～星のネックレス～

リトル・マーメイド
～星のネックレス～
文/ゲイル・ハーマン
訳/中井はるの

これまでのお話

海底王国、アトランティカのトリトン王の末むすめ、アリエルは、好奇心おうせいな十六歳の人魚。海でのくらしがたいくつで、人間の世界にあこがれています。

ある日、船上で見つけたエリック王子にひとめぼれしたアリエルは、あらしで海に投げだされたエリックをすくいます。でも、かれのいる陸の世界に行くためには、人間のすがたにならなくてはなりません。

エリックをわすれられないアリエルは、おそろしい海の魔女アースラと取り引きし、その美しい声と引きかえに人間にしてもらいます。でも、三日目の日没までにエリックに愛され、真実のキスをしてもらわなければ、人魚にもどり、アースラのどれいにされてしまうのです。

エリック王子のお城ですごせることになったアリエル。二人ですごすうちに、エリックもどんどんアリエルにひかれていきます。しかし、美しいむすめに変身したアースラがアリエルの声を使い、エリックの心をうばって、結婚することになってしまいます。これをアースラのしわざと見やぶったカモメのスカットルたちの活躍で、式は中止に。でもアリエルはアースラに連れさられてしまいます。アリエルこそ命の恩人とエリックは気づき、アリエルを取りもどすためにアースラに戦いをいどみ、打ち負かしました。

アリエルとエリックの深い愛に心を打たれたトリトン王は、アリエルを人間に変え、二人の結婚を祝福しました。

主な登場人物

アリエル

美しい歌声をもつプリンセス。人魚のプリンセスでしたが、人間になってエリック王子と結婚しました。この物語では、ローレルに歌を教えます。

ローレル

村の学校の生徒。歌が上手で、コンサートでソロを歌うことに。友達のカリスタのことが大好き。

カリスタ

ローレルの新しい友達。正体不明で、ローレルには自分と友達であることをひみつにさせています。

エリック

勇かんで、心やさしい王子。アリエルと結婚して、今はよき夫。

サマーズ先生

ローレルの歌と絵の才能をすばらしいと思う、担任の先生。

ハンセンさん

ローレルのお父さん。娘をとてもたいせつにしています。

アリエルの姉たち

妹思いの人魚のプリンセスたち。向かってアリエルの左どなりからアクァータ、アラーナ、アリスタ、アンドリーナ、アデーラ、アティーナ。

ハンス

村のベーカリーの店主。いつもおいしいパンを焼いています。

マギー

ローレルの同級生。ベーカリーのハンスが大好き。

トリトン王

アトランティカ王国の国王。アリエルとその姉たちのよき父親。

スカットル

アリエルの友達の、陽気なカモメ。かんちがいが多い。

セバスチャン

王室せんぞくの、才能あるカニの音楽家。

フランダー

アリエルの大のなかよし。ちょっとおくびょうな性格。

第一章　歌の練習

小鳥がさえずる、すがすがしい朝。

アリエルは、石だたみの道を歩いていました。村の広場に続く、曲がりくねった道には、色とりどりの宝石やスカーフ、かざりなどを売るお店が立ちならんでいます。

「すてきな朝ですね、アリエル様。」

アリエルがベーカリーの前を通りかかると、店主が言いました。

「ええ、本当ね！」

と、アリエルはにっこりしました。

今日は土曜日、村はにぎやかです。アリエルは、心地よい晴れの日に広場を散歩するのが大好きです。

通りの曲がり角に、はり紙があったので、アリエルは立ちどまりました。

村の学校による
われらが国王一家におくるコンサート
来週の土曜日、みんな来てね!

(コンサートまで、あと一週間だわ。)
アリエルは急いで歩きました。たいせつな約束に、ちこくしたら大変です。

向かう先は、村のはずれにある小さな白い家でした。
その家の前にはデイジー(ヒナギク)がさきほこり、花だんには、いろいろな色のバラがさきみだれていました。

アリエルがドアをノックすると、目をかがやかせた女の子が、ドアを開けました。

「プリンセス・アリエル！　はじめまして！」

そして、こう続けました。

「わたし、ローレルともうします。コンサートの練習を見てくださるなんて、信じられないです！　でも、本当なんですよね。どうぞよろしくお願いいたします。いっしょうけんめい練習します。ぜったいにがんばることをちかいます！」

アリエルはクスッと笑いました。

ローレルは、すっかりまいあがっているようです。

ローレルのお父さんのハンセンさんも、奥から出てきました。

「さあ、アリエル様がいらしたんだ。楽譜を持ってきなさい。」

と、むすめにやさしく言いました。

アリエルは、ウキウキと楽譜を取りにいくローレルを見ながら、ハンセンさんに言いました。

「お二人に、お会いできてうれしいです。ローレルの先生から、彼女の練習のお手伝いをたのまれて、とても楽しみにしてたんです。」

村の学校が次の土曜日に開くコンサートで、ローレルはソロで歌う役に選ばれているのです。

ローレルの担任のサマーズ先生は、歌が得意なアリエルに、ローレルの練習を見てもらえないかとたのんできたのでした。

そして、アリエルは二つ返事で「もちろんです！」と引きうけたのです。


ローレルは、楽譜を両手でかかえてもどってきました。

「では、始めましょうか？」

アリエルが言いました。

「はい！」

ローレルが大きな声で返事をします。

アリエルは、応接間のまん中におかれたピアノの前にすわりました。楽譜をひろげ、あるページを指さしました。

「これはエリック王子が大好きな曲なの。」

「『海の歌』だわ！　わたしも大好きな曲なんです！」

　ローレルもうなずきました。

「ちょっと歌ってみましょう。」

と、アリエルが言いました。

　アリエルがピアノをひき、二人でいっしょにその曲を歌いました。

「きれいな声をしているわね。」

と、アリエルはローレルに言いました。

ローレルはうれしそうに、ニコッとしました。それから、少し体をのりだして言いました。

「プリンセス・アリエル、わたしの新しい友達も、この歌が大好きだと思います。」

「あら、そうなの？　そのお友達のお名前は？」

ローレルはこたえかけて、言うのをためらいました。茶色の短いかみを、耳の後ろにかけ、もじもじしています。

「あの、たぶんごぞんじないと思います。このあいだ知り合ったばかりなんですけど。とっても気が合う友達なんです！」

「それはいいことだわ。どんなときも、友達ができるってすてきなことよ。」

ローレルは時計に目をやりました。

「あのう、今日は、練習が終わったら会うことになってるんです。なにをするかはまだ決めてないんですけど。でも、きっと楽しいと思います！」

もう一度、ローレルは時計を見ました。

「プリンセス・アリエル、まだ練習しないといけませんか？」

アリエルは笑ってこたえました。

「まあ、まだ、始めたばかりなのに。でも、できるだけ早く終わらせましょうね。『海の歌』はコンサートにピッタリだと思うわ。さあ、もう一度、いっしょに歌いましょう。」

それから一週間のあいだ、アリエルは毎日ローレルの練習につきあいました。

第二章　星貝の言い伝え

いよいよ、コンサートの日の朝になりました。

最後にもう一度、ローレルと練習をすることになっています。でも、その約束はランチのあとです。少し時間があるので、アリエルは姉たちに会おうと、ちょっとだけ海に出かけることにしました。

姉たちは、みんな人魚です。アリエルも、もともとは人魚でした。

でも、アリエルは、ある日人間のエリック王子と出会い、ひとめで恋に落ちました。エリック王子も、アリエルのことを好きになります。二人の気持ちを知った父のトリトン王は、アリエルを人間に変え、エリック王子といっしょにいられるようにしてくれたのです。

アリエルは人間になってからのくらしも大好きですが、ときどき、父と姉たちがいる海の底でのくらしも、なつかしくなるのでした。

ウキウキしながら、アリエルは浜辺を歩きました。水ぎわまで来ると、みんなをよびました。

「アティーナ！　アラーナ！　アデーラ！　アクァータ！　アリスタ！　アンドリー

ナ！　わたしよ！」

声はすぐに波にのり、海のすみずみにまでひびきます。

「アリエル！　ひさしぶりね！　こっちよ！」

六人の姉たちが、水面に出てきて手をふっています。アリエルはスカートのすそをたくしあげ、海につきでてならぶ岩の上を歩いていきました。姉たちは、アリエルの方に泳いできました。

「ねえ、これを見て！　海のスウィーツよ！」

アクアータが、アシのくきでできたピクニックバスケットを持ちあげました。中には貝のお皿にもられた海そうの砂糖がけがありました。

「なんて、すてきなの！　海そうの砂糖がけだわ！　大好き！」

と、アリエルは言いました。

「わたしがピクニックを思いついたのよ。」

と、アクアータがほこらしげに言います。

「あなたが思いついたってどういうこと？　わたしが思いついたんでしょ？」

と、アラーナが、ピシャリと言います。

「いいえ！」

アクァータが言いかえします。

「ちがうわ、わたしが思いついたのよ！」

「姉さんたち、もうやめて！　だれの思いつきでも、楽しいに決まってるでしょ。」

アリエルが口げんかを止めました。


スウィーツを食べながら、姉たちがアリエルに海の世界でおきていることを話してくれました。

「それでね、ウミガメたちは、マートルの百六十三歳の誕生日のサプライズ・パーティーを開いたのよ。わたしたちがあげた甲羅みがきをとってもよろこんでくれたわ！」

と、アンドリーナが最新のニュースを話しました。

アリエルは足を水につけてみました。姉たちが泳ぐのをながめます。

アラーナとアクァータが、海深くもぐっていきました。

「ねえ、これを見て！」

二人が、海の中からとつぜん顔を出しました。二人で一つの貝を持っています。星の形をしていて、とてもめずらしい貝です。お日さまがあたると、まるで自分で光っているようにキラキラとかがやくのです。

「星貝だわ！　見つけたなんて、すごいわ！　なかなか見つからない、めずらしい貝なのよ！」

アデーラが言いました。

「願いをかなえてくれるって言われているのよね。」

アンドリーナがこうふんしています。

「小さいころ、歌っていたわよね。

お星さま一つ、星貝一つ、願いは一つ～　願いの数だけ、流れ星も落ちる～。」

「それから、別の人が歌の続きを歌うのよ。」

と、アデーラが言います。

「で、どんどん続いていくの。だけど、最後はどうなるんだったっけ？」

「お星さま二つ、星貝二つ、願いは二つ～　願いの数だけ、流れ星も落ちる～。」

アリスタが問いかけます。

いっしゅん、みんなだまりました。

「まだ続きがあったのよね。最後は、みんなで歌うんだった。でも、思い出せないわ！」

アリエルがゆっくりと言い、いったん言葉を止めたあと続けました。

「そういえば、わたしたちが小さいころ、パパが教えてくれた星貝の魔法の伝説なら覚えてるけど。」

「ねえ、それ、教えてくれない？」

アティーナが言いました。

アリエルはうなずくと、みんなが身をのりだしました。

「むかし、むかし……。」

と、アリエルが話しはじめました。


「アトランティカの海に、不思議な光がふってきました。それは、流れ星でした。つぎつぎと海に落ち、中には、海の底まで落ちていったものもありました。海辺のアシや浅せの海そうが広がるあたりに落ちたものも……。でも、そのうちのいくつかは、貝にあたりました。その貝は、キラキラと光って燃えたかと思うと、星貝に変わりました。そして、星貝にかけた最初の願い事が一つだけかなう、という言い伝えがあるのです。」

「じゃあ、これ、まだ使われていない星貝かもしれないわね！」

と、アンドリーナがうれしそうに言います。

「そうだとしたら、お願い事ができるわ。」

アデーラもさけびます。アリエルはにっこりしました。

「ただのお話なのよ。だけど……言い伝えが本当か、たしかめてみる？」

と、アリエルは星貝をながめてつぶやきました。すると、

「そうしましょう！」

姉たちがいっせいにさけびました。

「わたしが見つけたんだから、わたしが願い事をするのよ！」

と、アクァータ。

「だめよ！」

アラーナが尾を水面にうちつけています。

「わたしが見つけたんだから。願い事は、わたしがする。」

「わたしだってば！」

「いいえ、わたしの方よ！」

アクアータとアラーナの声が、どんどん大きくなっていきます。

とっさに、アンドリーナが星貝を手に持ち、

「二人が、おしゃべりをやめますように！」

とさけびました。

みんな、ハッと息をのみました。

アンドリーナの願いは、かなってしまうのでしょうか？

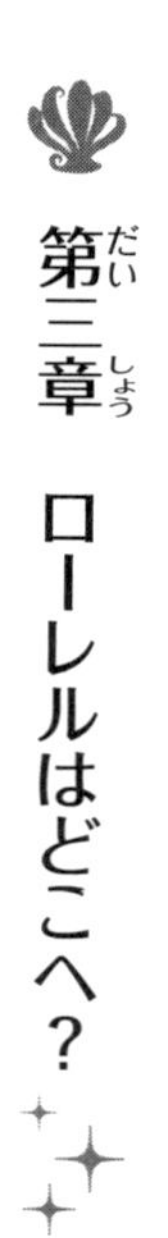

第三章　ローレルはどこへ？

アンドリーナは、ハッとして口をおさえました。

アラーナとアクアータも、おそろしくなり顔がまっ青になっています。

「落ち着きましょう。きっと、ただの言い伝えよ。さあ、なにかしゃべってみて。」

と、アリエル。

「アラーナが悪いんだから！」

と、アクァータがさけびました。

「いいえ、アクァータの方よ！」

アラーナが大声で言いかえします。

アンドリーナは、ホッとして笑いました。

「よかった。きっと、魔法の星貝の話は、ただの言い伝えだったのね。わたしの願いは、かなわなかったんですもの。」

「それとも、もうだれかがこの星貝の魔力を使っちゃったのかもね。どっちにしても、なにもおきなくてよかったわ。」

と、アリエルが言いました。

「ええ、わたしたち、運がよかったのよ。それはそうと、早く帰らないと！」

アリスタが言いました。

「お父様が待ってるわ。いとこのベッティーナとベニーナが遊びにくるの。」

「楽しそうね。行けなくてざんねんだわ。海の中のくらしが、なつかしいわ。」

と、アリエルが少しさびしそうに言いました。

アクァータとアラーナは、おたがいの顔を見合わせました。

「ねえ、アリエル。」

アラーナは貝をアリエルにわたしました。

「これ、あなたが持ってて。ほら、ちょうど穴もあいてる。首かざりにできるわよ。」

「ありがとう！　これを持っていたら、どこにいても、海にいる気持ちになれるわ。」

と、アリエルが言いました。

少しして、アリエルはローレルの家に向かっていました。星貝は、アリエルの首元でキラキラかがやいています。きれいなリボンがあったので、貝の穴にとおして首か

ざりにしたのです。今夜のコンサートにつけていくまで、待ちきれませんでした。

ローレルとの練習も楽しみでした。コンサート前の最後の練習なのですから！

間もなく、アリエルは家に着きましたが、ハンセンさんの家のドアは開いたままで、風でかすかにゆれています。

なにか変だわ、とアリエルは思いました。

「アリエル様！　アリエル様！」

と、後ろから声がします。

アリエルがふりむくと、ハンセンさんでした。大急ぎで、家にもどってきたところのようです。

「むすめといっしょではございませんか？」

なんだかとても心配そうです。

「いいえ。どうかしたのですか？」

アリエルは聞きかえしましたが、ハンセンさんは返事もせずに、家の中にかけこん

でさけびました。

「ローレル？　家にもどっているかい？」

アリエルも、あとについて家の中に入りました。

「ハンセンさん、どうしたのですか？」

ハンセンさんの顔は、まっ青です。

「むすめが今朝、友達と遊ぶと言って出かけたんですが、まだもどってこないのです。お昼までには帰ると言っていたのに。どうしたらいいのか……。」

「お友達には聞いてみたのですか？」

と、アリエルは聞きました。

ハンセンさんはうなずいて、こうこたえました。

「ええ。同じクラスの、ジョアンナに会っていると思って、聞いてみました。今週はずっと、歌の練習のあとその子のうちに行ってたのだと思っていたんですが……。さきほど、ジョアンナのうちに行ってお母さんに聞いたら、むすめは来てないと言われまして。むすめが毎日行っていたのは、ジョアンナのところじゃなかったんです。」

ハンセンさんは、深くため息をつきました。

「ローレルは、なにも言わずにいなくなる子ではありません。練習があるとわかっていたはずですし、今夜のコンサート前の練習を楽しみにしていました。だから、きっと、なにかあったにちがいないんです。」

「心配しないでください。きっとローレルは見つかりますわ。他によく遊ぶお友達はいないのですか？　それとも、新しいお友達とか……。」

と、アリエルは話しているとちゅうで、きゅうに言葉を止めました。

「ああ、思い出しました！　ローレルにはじめて会ったとき、新しいお友達ができたと話していましたけど、その子、だれだかわかりますか？」

「新しい友達ですか？」

ハンセンさんは少し考えてから、首を横にふりました。

「いえ、なにも聞いていません。村に住んでいる子でしょうか？」

「お友達ができたということ以外は知りません。名前も教えてくれなかったし。でも、なにか手がかりが見つかるかも。ハンセンさん、ローレルのお部屋を見せていただけませんか？」

アリエルは言ってみました。

「ええ、もちろんです！」

ハンセンさんはうなずきました。

二人はローレルの部屋に急ぎました。かべぎわにある小さな木のつくえの上を見ると、ローレルがかいたお城や農場、動物などの絵でいっぱいです。

「むすめが、学校でかいた絵なんです。むすめは絵をかくのが大好きなんです。」

と、ハンセンさんが言いました。

アリエルは引き出しを開け、ピンク色の表紙のきれいな手帳を見つけました。

「これは、なにかしら？」

「ローレルの日記帳ですね。毎晩、書いているんです。」

と、ハンセンさんが言いました。

「もしかしたら、新しいお友達のことが書いてあるかもしれません！　きっとだれだかわかると思います！」

アリエルは、ローレルの友達のことがわかるのではないかと期待しました。

第四章　日記帳

「ローレルにだまって読むのは、いけない気がしますが、今はそんなこと言ってられませんからね。」
と、ハンセンさんが言いました。
二人は急いで最後の数ページを読みました。

日記さんへ
今日はすごいことがあった！　でも、だれにもいえないし、パパにだっていえない。じつはね、新しいともだちができたの！　学校の帰り道、ちょうをおいかけてたの。ちょうはウェーブストーン通りのむこうまでとんでっちゃったんだけど、あんなにとおくまで行ったのははじめてだったんだ。そこで新しいともだちに会ったんだよ！　さいしょは、学校の子かなと思ったけど、知らない子だった。その子は、

「わたしはカリスタよ。わたしと、いっしょにあそびたい？」

っていったの。

カリスタは、ずっと、わたしみたいなともだちがほしかったんだって。でも、会ったことはだれにもいっちゃいけないっていうの。わたしたち、いろんなぼうけんごっこをしたよ！


ドキドキしながら、アリエルは次のページを読みました。

日記さんへ

今週はぜんぜん書いてなくてごめんね。まいにち、学校と歌のれんしゅうがおわってからカリスタとあそんでたら、時間がなくなっちゃったの。

でも、今日はさいこうの日だった。カリスタがきれいなネックレスをくれた！　学校でおともだちに見せたいな。それに、アリエルさまにも！　でも、カリスタが、わたしたちがともだちだっていうことは、ひみつだからだれにも話しちゃだめだっていうの。わたしたち、いっしょにあそんじゃいけないかもしれないからだって。

だけど、ひみつのともだちがいるのって、楽しいよ。そのほうがワクワクするもの。わたしもなにかプレゼントをあげようと思うの。カリスタのすきなものがわかったから、明日、学校がおわったらベーカリーに行って買うつもり。きっとびっくりするはず！

そこで日記は終わっていました。

「さて……。」

と、アリエルは、ハンセンさんを元気づけようとほほえみました。

「ローレルの居場所をつきとめる手がかりになりますね。ローレルが遊んでいたお友達は、カリスタという子。ウェーブストーン通りのはずれで会ったようですね。」

「ウェーブストーン通り？」

ハンセンさんがくりかえします。

「その子はそこに住んでいるんでしょうか？　わたしは行ったこともない場所です。」

「場所は知っていますわ。ただ、そこには家とか、建物はないはずです。でも、行ってみる価値はあると思います。一週間も毎日遊んでいたとしたら、なにかしらの手がかりが残っているはずです。」

と、アリエルが言いました。

「では、わたしは村をもう一度さがしにいきます。カリスタという子を知る人はいないか聞いてみます。」

と、ハンセンさんが言いました。

「かならずローレルは見つかりますわ。もしかすると、コンサートのじゅんびのために、いつのまにか家に帰っているかもしれませんし。」

アリエルは、ハンセンさんを元気づけようとしました。

(とにかく、早くカリスタという子を見つけなくっちゃ！　彼女こそ、すべてのカギをにぎっているんだから！)

と、アリエルは日記を見ながら自分に言い聞かせました。

第五章　ベーカリーへ

少して、アリエルはウェーブストーン通りにやってきました。覚えていたとおり——石だたみの道が、海ぞいにずっと続いていました。家も人も、見えません。アリエルはため息をつきました。ああ、カリスタがここに住めるわけはないわね、とひとりごとを言います。そのとき、なつかしい大きな鳴き声がしました。アリエルは、びっくりして空を見上げました。

「アリエル？」

と声がします。

「あら？　スカットル？」

と、アリエルも言いました。

「もちろん、おれさまだよ。」

と、カモメがこたえ、岩の上におりたちました。

「きみの名前をよびながら飛びまわるカモメなんて、他にいないだろ？」

アリエルは笑いました。スカットルとアリエルはとてもなかがよいのです。人魚だったころ、スカットルは人間の世界のことを、いろいろ教えてくれました。だから、アリエルはスカットルに会えるとうれしいのです。それに、もしかしたら、ローレルをさがすのを手伝ってくれるかもしれません。

「そのクビガカリ、いいね。」

と、キラキラしているアリエルの星貝の首かざりを見ながら言いました。

「なにかお祝い事でもあるのかい？」

「ええ、今晩、学校でコンサートがあるの。」

と、アリエルは言いました。

「ねえ、スカットル、今朝このへんで二人の女の子が遊んでいるのを見かけなかったかしら？」

Diary

「女の子が二人かー。こりゃ、やっかいだなあ。」

スカットルは頭をかきました。

「ああ、きみも女の子とかぞえれば別だけどな。それなら、女の子を一人、今日見たことになるぞ。でも、二人じゃない。」

「わたしのことじゃないの。ローレルっていう女の子がいなくなったのよ。」

と、アリエルは話しました。

「今晩、学校のコンサートで歌うことになっているのに、出かけたきり、もどらないの。ダイアリー（日記）には、ここでお友達と会ったって書いてあったんだけど。」

「おやおや！」

スカットルが大声で言います。

うなずいて、わかったような顔をしています。

「ダイアリー（日記）なら知ってるぞ。すごくかわいい花だ。いろいろ役にも立つ。花びらをちぎって、相手が自分を愛しているのか、愛していないのか、恋占いだってできる。」

　アリエルは首を横にふってクスクス笑いました。

「それをするのはデイジー（ヒナギク）という花よ。ダイアリー（日記）は、毎日の出来事を書く手帳のことなの。」

「ああ、知ってるぞ！」

と、スカットルは言いました。

「説明がたくさん書かれてる本のことだな！」

　アリエルはため息をつきながら、

「スカットル、それはディクショナリー（辞書）というものよ。ダイアリー（日記）は自分で書くもので、感じたこととか、その日にやったことを書くの。」

と言うと、ローレルの日記帳を見せました。

「それで、そのローレルは一日なにをしてたって？」

　スカットルは日記帳をのぞきこみました。

「まず、ここに来て友達に会ってるの。」

アリエルは言いました。

「でも、わたしはだれにも会わなかったわ。おかしいわね！」

「おかい、おかしだって！　なんでそうなるんだ？」

スカットルがたずねます。

「ここには、おかい、おかしなんてないぞ？　貝ソースのカップケーキとか？　クラゲのドーナッツとかあるのか？　どこにもないぞ！」

スカットルは、おかしの意味なら知っているとばかりに自信たっぷりに言います。

今度こそ、自分が正しいと思っていました。

「おかしと言うなら、まずおかしがないと！」

「スカットル！」

アリエルが大声を出しました。

「いいことを言ってくれたわ！」

と、スカットルのくちばしにキスをします。

「ローレルは、ベーカリーでなにかを買ってカリスタにプレゼントするって書いていたわ！　ベーカリーのパティシエ（おかし職人）がなにか知ってるかも。今からお店に行ってみるわ。」

「パテ？　パテのイエだって？　ほっほう〜。」

スカットルは、アリエルが村に向かってかけだすのを見て笑いました。

「パテは、おかしなおかしなんだ。ちょっと食べるのがむずかしいぞ。口にいっぱいくっつくからな。だけど、食べ物の好みは、みんなちがうからな。そんなもんなんだろうな。」

アリエルは村に走ってもどりました。
ベーカリーの前で、息をととのえ、ドアをおして中に入りました。おいしそうなか

おりが、店中にいっぱいです。パンを焼くいいにおいがただよい、あまいチョコレートや、バニラカップケーキなどもたなにならんでいます。

アリエルは、おなかがすいてきました。

「いらっしゃいませ。プリンセス・アリエル。」

店主のハンスが言いました。

「ようこそ、すてきなお客様。あまいブルーベリータルトはいかがでしょう？　焼きたてですよ。エリック王子がお好きなマフィンもございますよ？　それとも、マックスに犬用ビスケットをお買いもとめですか？」

「そうね、ハチミツロールをいただこうかしら。」

と、アリエルは言って、カウンターにお金をおきました。がまんするなんてできません！　ハンスがハチミツロールを持ってくると、アリエルはひとくちかじりました。あまいハチミツが、たっぷり入っています。

「ああ、おいしいわ。ところで、ちょっと聞きたいことがあってここに来たの。」

アリエルは、ローレルがいなくなったことを話しました。

ハンスは両手をすりあわせながら考えます。指先から小麦粉が落ちました。

「ああ、ローレルのことなら覚えています。この前、海そうシュークリームを買いにきましたよ！　おどろきましたよ。」

と、ようやく思い出したようです。

「海そうシュークリーム？　どうして、ローレルがそんなものを？」

アリエルはおどろいて聞きかえしました。

ハンスは別のお客さんの会計をしながら、かたをすくめました。

「よくわかりませんが、力になってやろうと思いましてね。ずっとたわいないことをしゃべりつづけていましたが、とてもいい子でしたよ。でも、そんなシュークリーム聞いたことがなかったんで、とにかく、シュークリームのまわりに海そうを一枚まいてわたしました。あれで、よろこんでもらえるといいのですが……。ところで、えーと、その子がいなくなったのですか？」

店主は、心配そうな顔になりました。アリエルがうなずきました。

「ええ、でもきっと見つけるわ。教えてくれてありがとう。それと、ハチミツロールもおいしかったわ！」

アリエルが店を出ようとすると、ひと組のお母さんと女の子が店に入ってきてカウンターごしに店主に近づいていきました。女の子は、ローレルと同じ年ごろのようです。

「いらっしゃい。」

と、店主が言いました。女の子はにっこりと笑顔で、店主にカードをわたしました。

ハンスはそれをひろげました。

「なんと、ありがとうと書いてある！」

とよろこび、すぐにアリエルに見せました。そこには色鉛筆で、こう書いてありました。

おいしいバースデーケーキをやいてくれて、
ありがとう！
あなたのおともだち　マギーより

「どうも、ありがとう。」

と、ハンスはにっこりしました。

「マギーは昨日、学校の宿題でそれを書いたんですよ。」

と、母親が説明しました。

「友達に感謝の気持ちをカードに書く宿題が出たんです。今日わたしがベーカリーに行くと言ったら、マギーが、提出したそのカードをすぐにわたしたいって言いだして……それで、二人で学校によって、このカードを取ってきたんです。さいわい、サマーズ先生が学校にいらしたので、さがしてくださったんです。」

アリエルはハッとしました。サマーズ先生は、ローレルの担任の先生です！

アリエルはしゃがんでマギーに話しかけました。

「カリスタっていう子を知ってる？」

とたずねました。

「ううん。知らない。」

Thank you
for baking my
yummy birthday
cake!
Your friend
Maggie

マギーは首を横にふりました。

「じゃあ、ローレルという子は？」

「知ってる。わたしと同じクラスよ。」

とこたえました。

「ローレルを今日見かけた？」

と、アリエルはたずねました。

「ううん。でも、金曜日は学校で会ったよ。」

と、マギーがこたえます。


ひょっとしてサマーズ先生なら、カリスタがだれだか知っているかもしれない、とアリエルは思いました。

そのとき、アリエルはローレルが日記に書いていたことを思い出しました。もう一度開いて、最後のページを読みかえしました。

カリスタがきれいなネックレスをくれたの！

（ローレルは、新しいお友達に、カードを書いたかもしれない！）

そう考えると、アリエルはドキドキしてきました。

「他のカードは、まだ学校にあるのでしょうか？」

と、今度は母親にたずねました。女性はうなずきました。

「おそらく、あると思います。マギーのカードが、あったので。」

「よかった！　いろいろ教えてくれたあなたたちには、わたしからありがとうカードを書かないとね！」

と、アリエルはマギーをだきしめました。

マギーは、うれしくて顔をまっ赤にしました。

「さようなら！」

アリエルはそう言うと走り出しました。

「アリエル様、お待ちください！　食べかけのハチミツロールをおわすれですよ！」

と、ハンスがよびとめました。

でも、アリエルはもう店の外に飛びだしていました。

第六章　ありがとうカード

アリエルは村の学校に急ぎます。

「ああ、まだサマーズ先生がいますように！　ありがとうカードを見つけなきゃね！」

学校の門をぬけると、アリエルは重いとびらに近づき、取っ手を引きました。ざんねんながら、カギがかかっていました。

（どうしたらいいかしら？　先生もいないのかしら？）

アリエルは、入り口の前の階段にすわって考えました。

「まあ、アリエル様、こんな時間にどうなさったのでしょうか？」

アリエルがふりむくと、サマーズ先生が、とびらのところに立っています。

「今、地下室で今夜のコンサート用のいすの数を確認しておりましたの。でも、音がしたので、だれかしら、と思って上がってきたんです。」

「サマーズ先生、まだ学校にいらしてよかったわ！」

アリエルはよろこびました。

先生がにっこりしてアリエルを中に招き入れます。

「練習にいらしたのですか？　ローレルと、ここで待ち合わせでしょうか？」

「先生、じつは、ローレルをさがしているのです。ローレルがどこにもいないんです。」

アリエルは、先生のあとについて中に入りました。

「ローレルがいないのですか？」

サマーズ先生は目を見開きました。

「なんてことでしょう！　なにかわたしにお手伝いできることがありますか？」

「はい、あるんです！」

アリエルがこたえました。

「ローレルは、カリスタというお友達といっしょにいると思うのです。その子をごぞんじでしょうか？」

「カリスタ、ですか？　その名前は聞いたことがありませんわ。」

と、サマーズ先生は首を横にふりました。

アリエルはがっかりしました。でも、カードがあるかもしれません。

「マギーのお母さんから聞いたのですが、生徒たちが宿題でありがとうカードを書いたそうですね。ローレルは、カリスタに書いていないでしょうか？」

「ええ。見てみましょう。」

サマーズ先生は、急ぎ足でホールをおり、アリエルと教室に入りました。先生は、カードを入れている箱をつくえの上に出し、ふたを開けました。一枚ずつ確認していくと、黄色のかわいいカードが出てきました。

「これが、ローレルのです。」

と、先生は言いました。アリエルは待ちきれずに読みはじめました。

> プリンセス・アリエル、
> 歌のれんしゅうをみてくださって
> ありがとうございます。
> とてもうまく歌えるように
> なりました。コンサートを
> 楽しんでもらえるとうれしいです。
> 　あなたのおともだち　ローレル

ローレルは、カードの左側に絵をかいていました。音符の馬に、アリエルとローレルがのっていて、アリエルがたづなを引いています。小さい音符とにじが二人の上にえがかれていました。

アリエルは、ホッと息をつきました。ローレルが、自分にありがとうだなんて、なんとうれしいことでしょう。そして、とてもかわいい絵です。でも、カリスタあてではありませんでした。カードは、ローレルをさがす手がかりにはなりませんでした。

アリエルは、首元で光る星貝にさわりました。ローレルがもどるようにという願いがかけられたら、どんなにいいでしょう。

サマーズ先生も、アリエルといっしょに読みました。

「ああ、ざんねんだわ。」

と、がっかりしています。

「カードはアリエル様あてでしたね。」

先生は、絵をじっくり見つめました。

「ローレルは本当にすばらしい生徒なんです。この絵、なんてかわいいのかしら！　想像力がとても豊かな子なんです。」

「わたしもそう思います。」

　アリエルも言いました。

「生徒たちには、毎日絵をかくように言っておりまして。ちょうど昨日、『わたしの親友』というタイトルで絵をかいてもらったのですよ。ローレルは、すぐにかけたようでしたよ。」

と、サマーズ先生が教えてくれました。

「親友ですって？」

　アリエルはさけびました。そして、サ

マーズ先生と顔を見合わせました。

「カリスタの絵をかいているかもしれないわ！」

二人は同時に言いました。

「まだちゃんと見ていませんでした。」

サマーズ先生はそう言うと、大急ぎで別の箱を開けました。

そして絵を一枚ずつめくっていきます。

「ああ、どうしてなのかしら？　ローレルの絵がないわ。」

「まあ！」

アリエルはため息をつきました。その絵は、きっとカリスタにちがいありません！

そしてとつぜん、アリエルはローレルの部屋のことを思い出しました。つくえの上に、絵がいっぱいあったのです。お城や農場の絵……お友達の絵もあったかもしれません！

「絵のありかに見当がつきましたわ！　ありがとうございます、サマーズ先生。今晩のコンサートには、ローレルといっしょにまいりますわ！」

と、アリエルは言いました。

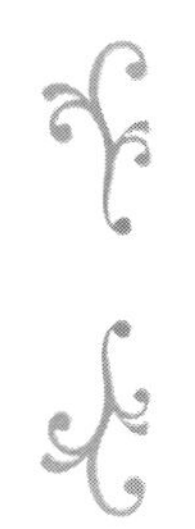

それから、アリエルはローレルの家に向かって走りました。家にはすでにハンセンさんがいて、ドアを開けてくれました。

「村のすみずみまでさがしたのですが、どこにもいません。手がかり一つありません。プリンセスはいかがでしたか？」

と、ハンセンさんは言いました。

「ええ！　ローレルの日記をヒントに、村中を見てまわりました。絵をかいてるはずなの……きっとカリスタの絵をね……それが、ローレルの部屋にあるかもしれないのです！」

アリエルは息をきらしながら言います。

「さがしてみましょう！」

と、ハンセンさんが言い、二人はすぐに、ローレルの部屋に行きました。アリエルは急いでつくえの上の絵を調べました。ハンセンさんをかいた絵には「わたしの家族」というタイトルがついていました。家の絵には「わたしの家」、村の広場がかかれているものには「わたしの村」とあります。でも、「わたしの親友」の絵はありません。

「ローレルは、絵をかくしたのかもしれませんね。カリスタのことは、ひみつだと書いてあったから。」

と、アリエルはハンセンさんに言いました。

二人はベッドの下やつくえの中、じゅうたんの下までさがしましたが、ありません。アリエルは、ゆかにすわりこみました。

「いったいどこにあるのかしら？」

「あきらめるわけにはいきません！」

ハンセンさんは、いっしょうけんめいです。

「もちろんです！　なにかたいせつな手がかりを見落としているにちがいありません。」

アリエルも言いました。

アリエルは何気なく楽譜を持ちあげました。ローレルと『海の歌』を練習したのが、ずいぶん前のことのように思えます。

そのとき、楽譜のあいだから、おりたたんだ紙が、ひらりと落ちました。

ハンセンさんがそれをひろってさけびました。

「こ、これは……。」

そして、たたまれた紙をひろげ、息をのみました。

「ああ、なんということだ。」

「それ、どういうことでしょうか？　見せてください。」

アリエルが言うと、ハンセンさんは、だまって紙をさしだしました。

それは「わたしの親友」の絵でした。二人の女の子の絵です。一人はローレル、茶色の短いかみで、ニコニコしています。そして、もう一人はふわふわの金髪の女の子です。この子が、カリスタのようです。

そして、カリスタは……人魚だったのです！

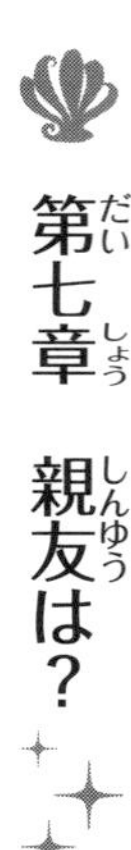

第七章　親友は？

「新しい友達は、本当に人魚なんでしょうか？」

ハンセンさんに聞かれ、アリエルは少し考えました。

「そう考えれば、すべてがつながりますよね。」

と、アリエルはゆっくりとこたえました。

「ここまでのことをつなぎあわせると、そうなります。ローレルはウェーブストーン通りでカリスタに会っています。おそらくカリスタは、海に住んでいるということです！」

「そうですよね。」

と、ハンセンさんはうなずきました。

「そして、ベーカリーでも、ローレルはカリスタのために、海そうシュークリームを買いたいと言っている。きっと、それが人魚にピッタリのスウィーツだと考えたにちがいありませんわ。」

とアリエル。

ハンセンさんはけわしい顔つきになりました。

「でも、カリスタは、なぜひみつにしろと言ったんでしょうか？　こんなことを言う失礼をおゆるしください、プリンセス・アリエル。プリンセスがエリック王子とご結婚なさってから、人魚はもう人間からすがたをかくす必要はなくなったと思っておりました。」

アリエルは笑みをうかべました。

「ええ、そのとおりですわ。もう、わたしはすがたをかくす必要はありません。でも、人魚たちはあまり海面には出てこないものなのです。カリスタは、ローレルと遊んでいると知れたらおたがいに問題になると思ったのではないでしょうか。」

ハンセンさんはじっと考えながらうなずき、絵を指さしました。

「ローレルの首にかかっているのは、なんでしょうね？」

アリエルは絵をもう一度見て、ハッとしました。見おぼえのある首かざりです。

「星貝だわ！」

アリエルはさけびました。そして、自分の首かざりにさわりました。

「これはとてもめずらしい物なのです。ちょうど今朝、姉たちがわたしに星貝をプレゼントしてくれました。カリスタもどこかで見つけてローレルにあげたのでしょう。」

「信じられませんが、そうなのでしょうね。カリスタが人魚だった。でも、そうなら、わたしのむすめのローレルはいったいどこにいるんでしょう？」

と、ハンセンさんがアリエルに言いました。

「見つける方法は一つしかありません。行ってみましょう。」

と、アリエルは言いました。


二人は急いで家を出ると、ウェーブストーン通りぞいの海に向かいました。

浜辺に着くと、アリエルは海に向かって大きな声でよびました。

「セバスチャン！　フランダー！」

「ねえ、どっちでもいいから、わたしの声、聞こえてる？　近くにいないかしら？」

パシャリと波の音がしたので、アリエルとハンセンさんは音のした方を向きました。セバスチャンが岩場に上がってきて、その後ろでフランダーが、水面から顔を出しました。

「さあ、来ましたぞ、アリエル様！」

と、セバスチャンが言いました。息をきらしています。

「なにか重大なことかな？　指揮棒に使うアシを集めていたところだったんだ。」

と言うと、指揮をするときのように軽くおじぎをしてみせました。

「最近、お父上に、わたしの最高けっさくだとおほめいただいた、ハープとカスタネットの曲を書いたことを聞いたのかな？　それで、アンサンブルでもしようとわたしのことをよんだのかな？」

　セバスチャンはじまんげにむねを張っています。

「ええ!?　そんなわけないよ！　アリエルは、冒険に行きたいんだよね。でしょ？　アリエル。」

　フランダーは水の中ではねました。

「ねえ、沈没船に遊びにいく？　それとも、どうくつにする？　ねえ、どこに行こうか？」

「いいえ、どっちもちがうの。海の世界にすぐに行きたいの。お父様を見つけてくれない？」

　アリエルは言いました。

「おまかせください！」

　セバスチャンは、真剣な顔でフランダーを見ました。

「フランダーは、アトランティカのすみずみまでさがしてくれ。わたしは宮殿に向かう！」

　フランダーはうなずきました。

「見つけてくるよ！　まかせといて、アリエル！」

　フランダーは海の中にもぐり、急いで泳ぎはじめたのですが……あわててしまってぎゃく方向に向かっています。

「おい、そっちは浜の方だぞ。あわてるな、フランダー！」

と、セバスチャンがさけび、大きくため息をつきました。

「ああ、まったく。わたしに、ついてきなさい！」

セバスチャンたちは、海の中に消えていきました。

「ありがとう！」


やがて、トリトン王が海の上に上がってきました。フランダーとセバスチャンがそばにいます。

「どうかしたのか、アリエル？」

と、トリトン王は聞きました。

「わたしはだいじょうぶなの、パパ。だけど、ハンセンさんのおじょうさんのローレルがすがたを消しちゃったのよ。」

アリエルは、ローレルとカリスタの話をして、ローレルがかいた絵を見せました。

「たぶん、カリスタという人魚の子がローレルの居場所を知ってると思うの。わたしを人魚にもどしてくれる？」

と、アリエルはたのみました。

「もちろんだ。ハンセンさん、さぞやご心配でしょうな。」

と、トリトン王はこたえました。

「はい、陛下。お力ぞえ、大変感謝いたします。」

と、ハンセンさんはどぎまぎしながら言いました。

アリエルはハンセンさんを安心させようと、ほほえんで言いました。

「ここで待っていてください。ローレルを見つけたらすぐにもどります。それほど長くかからないと思いますから。」

トリトン王が、三つまたの矛を高くかかげ、ハンセンさんは数歩さがりました。

それに合わせて、海に飛びこんだアリエルは、足から変わった尾ビレをふりました。自由自在に泳げるのは、やっぱり楽しいのです！


「どこからさがすかな？」

トリトン王は、海深くもぐりながらアリエルに聞きました。

「カリスタのいそうなところは……。」

と、アリエルがこたえました。

「ぼく、魚たちに聞いてみるよ。」

と、フランダーは泳いでいきました。

「わたしは楽団員たちに聞いてくる。」

と、セバスチャンも急いで海の底を歩いていきました。

「アトランティカは広いからな。もっと簡単にわかる方法があるはずだ。王家の伝達係は、どこだ？」

と、トリトン王が言います。

「はい、こちらにおります。」

ホラ貝のトランペットを持ったタツノオトシゴがあらわれました。

「アトランティカのすべての住民に、カリスタという子をさがしているとおふれを出すように。」

と、トリトン王が言いました。

「はい、ただちにそういたします。」

と、伝達係のタツノオトシゴはおじぎをしました。

タツノオトシゴは、アリエルとトリトン王といっしょにアトランティカの広場まで泳いでいき、トランペットをふき、大きな声で言いました。

「みなのものに告ぐ！　カリスタという子どもの居場所を知るものは、急いでトリトン王のもとへ来るように！」

「アリエル！　アリエル！　ここにいたのね！」

アラーナとアクァータが、アリエルのそばに泳いできました。

それからトリトン王の方を向きました。

「おふれを聞いてきたのよ。」

と、アラーナが言いました。

「わたしたち、手伝えるわ。カリスタの家を知ってる。ホンダワラという海そうがはえているところよ。」

と、アクァータが言いました。

「ちがう、ちがう。それは、マリスタよ。カリスタじゃないわ。二人をごっちゃにしてるわ。」

と、アラーナが言いました。

「してないったら。」

「してるわよ！」

「カリスタという子よ！　カ・リ・ス・タ！」

「マリスタでしょ！　マ・リ・ス・タ！」

　そのうち、あちこちから人魚や海の生き物たちが集まってきました。みんな口々に話しています。

「マリッサ？　マリッサをおさがしですか？　その子なら、コーラルラインに住んでいます。」

　若い人魚が言いました。

「ああ、コララインをおさがしなんですね！　その子の家族は、パシフィカに引っ越したよ。」

　今度は年配のウミガメがゆっくりとした口調で言いました。

　みんなが、大きな声で、ああだ、こうだと、いろんな名前や場所を言っています。

　アクァータがアラーナの方を向きました。

「あら、あら。おかしなこと。みんな、わたしたちと同じことやってるわ。」

アリエルは、長いかみをさっと後ろにはらいました。こんなことでは、らちがあきません。こまりました。

ついに、トリトン王が三つまたの矛をかかげ、大きな声で言いました。

「われわれがさがしておるのは、カリスタという子だ。だれか、カリスタの住んでおるところを知らんか?」

「ああ、カリスタという名前でしたか。」

と、みんながいっぺんに言いましたが、そのままだまりこみました。

そこへ、とつぜんセバスチャンの声が聞こえてきました。

「居場所が、わかりましたぞ!」

セバスチャンは、人魚たちのあいだをかきわけてやってきました。

「ぼくも、居場所がわかったよ!」

フランダーも、みんなのいるところに泳いできました。

アリエルが手を合わせてよろこびます。

「本当にわかったの？」

「オーケストラのメンバーが知っておった。」

セバスチャンが言いました。

「ぼくの友達も、知っていた！」

フランダーが言います。

「海そうの温室に住んでおった。」

と、セバスチャン。

「海そうのブランコのそばに住んでるよ。」

と、フランダー。

そして、二人はいっせいに言いました。

「そこが、カリスタのおうち！　まちがいない！」

第八章　海の世界へ

カリスタの家は、宮殿からそう遠くないところにありました。

「こんなにみんながさわいでいたのに、おふれが聞こえなかったとは、どういうことだ。不思議でならん。」

海そうの家にアリエルと向かいながら、トリトン王が言います。

「まあ、トリトン王様！」

一人の人魚が、トリトン王を見つけて近づいてきました。

「うちになにかご用でしょうか？　遠くまで出かけていまして、家を留守にしておりました。」

なにがあったのかとびっくりしているようです。

「きゅうに、おしかけてごめんなさい。」

アリエルが説明を始めました。

「カリスタという女の子をさがしているの。」

すると、その人魚は、息をのみました。

「カリスタは、わたくしのむすめでございます。」

「カリスタさんは、今、おうちにいるのでしょうか？　ちょっとおたずねしたいことがあるんです。」

と、アリエルは言います。

すると、お母さん人魚はうなずき、おじぎをしました。

「わたしも、今もどったところなのでございます。あの、でも、むすめは家にいるはずです。どうぞお入りください。」

そう人魚は言うと、みんなで家の中に入りました。

「カリスタ！　カリスタ？　いるかしら？」

と、人魚はよびました。

「お母さん！」

カリスタが、自分の部屋のドアから出てきました。

「おかえりなさい！　あのね、話があるんだけど……。」

と言いかけて、アリエルとトリトン王がいるのに気づいて、カリスタは話を止めました。

「トリトン王様にプリンセス・アリエル、どうしてここに？」

と小声で言い、うつむきました。

「カリスタ。」

と、母親の人魚がカリスタのそばによりました。

「トリトン王様とアリエル様が、あなたにお話があるそうよ。」

「こんにちは、カリスタ。会うことができてよかったわ。」

と、アリエルはやさしく言いました。

「あ、あの、こ、こ、こんにちは……。」

と、カリスタはしどろもどろです。

「わたしたち、ローレルという人間の女の子をさがしているのよ。あなた、知ってるかしら？」

と、アリエルは言いました。

「ロ、ローレルですか？」

カリスタはまた、しどろもどろにこたえました。

「きみのことをおこっているわけじゃないのだ。だいじょうぶだ。なにも心配することはない。」

と、トリトン王が続けます。

「わたしたちは、ローレルがどこにいるか、知りたいだけなんだよ。」

カリスタは、不安そうにうつむきました。

「カリスタ、ローレルのお父さんがとても心配しているのよ。」

アリエルがトリトン王のあとに続けて言いました。

するとじっと考えていたカリスタが、うなずきました。

「あの、わたし、だれにも心配かけたくはないんです。」

と、静かに言いました。


カリスタは、自分のあとについてくるよう、手招きをしました。トリトン王とアリエルは、小さなベッドルームに入っていきました。

そこには、アコヤ貝のベッドがおかれていて、まわりに貝がらや海の宝石がありました。とてもくつろげそうなかわいらしいお部屋でした。

「だいじょうぶよ。ねえ、出てきていいよ。」

と、カリスタがよびかけました。

ベッドの下の方で音がしたので、アリエルはしゃがみこんでみました。

そこからゆっくりと、ローレルが出てきました。まず頭が見えてきて、体が見えた

のですが、なんと……ローレルの足は尾ビレになっているではありませんか！

アリエルは息をのみました。

「ローレル！　あなた、人魚になってるわ！」

ローレルはびっくりして、アリエルを見つめました。

「アリエル様も、人魚だわ！」


アリエルは、ローレルといっしょにベッドにこしかけました。

「その説明をぜんぶしてるととても長くなるわ。あのね、わたしはトリトン王のむすめなのよ。」

そう言うと、アリエルはローレルの尾ビレを指さしました。

「ねえ、どうしてこんなことになっちゃったの？」

「なにがおきたか、わからないんです。」

と、ローレルが言いました。

「でも、今日の朝からすべてが始まったんです。浜辺にいるカリスタに会いにきたんです。ええ、もちろん、貝のネックレスをつけていました。カリスタにもらってから、ずっと首につけていたんです。それで、浅瀬に入って、カリスタがもぐったり、海の上に顔を出したりするのを見ていたんです。すごく楽しそうに泳いでいて、いいなぁって。それを見ているうちに、ああ、わたしも同じことができたらいいのにって思ったんです。人魚になれたらって思ったら、きゅうに、ネックレスが光ったんです。そうしたら、わたしの両足が消えて、人魚の尾ビレに変わったんです！　もう、びっくりしました！」

「わたしだって、びっくりした！」

カリスタが目をキラッとさせました。

「星貝は、やっぱり魔法の貝なんだって。だから、わたしたち、もう一度願い事をすれば、ローレルは人間にもどれるって思っていたんです。」

「それから、二人でアトランティカに泳いできたんです。」

と、ローレルが続けます。

「カリスタがいろんなものを見せてくれました。最初に、シロナガスクジラ公園に遊びに行って、タコのすべり台で、二回もすべっちゃったんです。それから、どうくつを探険しに行って、流れ星みたいに光るウナギを見てきました。」

カリスタがうなずきました。

「でも、そのうち、ローレルが、歌の練習があるから帰るって言いだして……。でも、帰る前に、海そうのお庭を見せてあげたくなっちゃったの。」

「それが、とってもきれいだったんです！」

と、ローレルが言いました。

「まるで、草原が海底にあるみたいでした！　それから、えっと、なんて言うんだったかしら？　カリスタ？」

「激流よ。」

と、カリスタが言いました。

「ローレルが激流にのみこまれてしまったんです。わたしはローレルのうでをつかんで引っぱったんですけど。」

「ネックレスがサンゴにひっかかってしまったの。そして、そのまま激流にさらわれてしまったんです！」

と、ローレルは目をしばたたかせて涙を必死にこらえています。

「もうどうしたらいいかわからなくて。星貝のネックレスがないと、わたしは人間にもどれないから。」

「それで、お母さんが帰ってくるのを待っていたの。お母さんにぜんぶ話して、相談しようと思っていたの。」

と、カリスタが言いました。

「だれにも心配をかけるつもりなんてなかったんです。」

と、ローレルは鼻をすすります。

「わたしたち、こわくて、どうしたらいいかわからなかっただけなんです！」

と、二人はいっしょに言いました。


とつぜん、カリスタが目を大きくしてさけびました。

「ああ！」

カリスタは、アリエルの首元をじっと見ました。そして、近づいてきて、こう言いました。

「プリンセス・アリエル！　持っていらっしゃるんですね！　星貝をお持ちだなんて！　これで、ローレルは家に帰れます！」

「ちょっと待ってちょうだい。たぶん、これは……。」

と、アリエルは言いましたが、カリスタはすでにアリエルのネックレスの星貝に手をあてていました。

「ローレルが、人間にもどれますように！」

第九章　人間の世界へ

ところが、なにもおきません。

「どうして？」

カリスタは、そう言ってうろたえています。

「なんで魔法がきかないのかしら？」

するとローレルがこう言います。

「もしかすると、海の中じゃなくて海面まで上がっていかないといけないのかもしれないわ。海面で願いをとなえたら、かなうのかも！」

ローレルが言いました。

「ねえ、待って！」

と、アリエルがよびかけました。

でも、カリスタはもうローレルのうでをとり、海そうの家のまどから出て、どんどんどんどん、上へ上がっていきます。

二人は海面に頭を出しました。少しして、アリエルも上がってきました。

「まだ、なにも変わらない！」

ローレルが言います。

「もっと浜辺の近くまで泳いでいったら、魔法が効くのかも……。」

「待ってちょうだい！」

と、アリエルが手をあげて止めました。

「あなたたちに、星貝の伝説を話してあげようとしていたのに、どんどん行ってしまうのだもの。」

アリエルは、星貝の伝説のことと、子どものころに覚えた星貝の歌を教えました。

「一つの星貝に、願い事は一回しかできないのよ。ローレルが人魚になりたいと思ったのがそれね。一度使いおわったら、その星貝の魔力はもうないのよ。」

ローレルは悲しそうです。

「じゃあ、わたしもう人間にはもどれないんですか？」

アリエルは、海面に上がってきたトリトン王を見ました。

「パパ、パパの力でローレルをもとにもどしてあげられるかしら？」

王は首を横にふりました。

「星貝がかなえた願いは、わたしの矛の魔法でも、とくことができないのだ。だが、その伝説には続きがある。」

「そうなのですか？」

ローレルは、すぐに聞きたくて、待ちきれないようです。

アリエルが星貝をトリトン王にわたすと、トリトン王はにっこりしました。

「歌の最後をわすれたようだな？」

「続きがあったのは覚えてるわ！」

アリエルが言いました。

トリトン王が歌いはじめました。

「お星さま一つ、星貝一つ、願いは一つ〜

願いを消すには、星貝をこわさなくてはならないよ〜。」

トリトン王は、二人の少女を見つめて言いました。

「願いをもとにもどすには、貝をこわさねばならんのだ。だが、魔法をとくにはそれしかないのだ。」

　ローレルとカリスタは、目を見合わせました。

「たいせつな星貝がこわれてなくなってしまう。」

　ローレルがゆっくりと言いました。

「なにより、二度と人魚になれない。魔法も、消えてしまうんだよ！」

と、カリスタが鼻をすすり、ローレルの手をにぎりました。

「ねえ、行かないで！　海の世界はとっても楽しかったでしょ！　わたしたち、なんでもいっしょにできるんだよ。」

　カリスタは、海面に上がってきたお母さんの方に向かって言いました。

「それに、わたしたちといっしょにくらせる、そうよね、お母さん？」

「カリスタ、ローレルは海でくらす人魚ではないの。」

と、母親がやさしく言いました。

「ローレルは、人間のお父さんといっしょにくらさなくてはいけないわ。」

ローレルもうなずきました。

「わたし、人間にもどらなくちゃね。でも、会えなくなるのはさびしいわ！」

と言って、カリスタをだきしめました。

アリエルが泳いできて、二人をだきよせました。

「これからも会えるわよ。ローレル、あなたは海の近くで遊べばいいのよ。それに、カリスタは岩にのぼればローレルに会えるわ。わたしが姉さんたちと会うときのようにね。ひみつになんてしなくていいのよ。」

「おっしゃるとおりです。ベーカリーからおいしいスウィーツも持ってこられるしね。」

ローレルが尾をパシャッとふりました。

「わたしは貝がらをもっととってくるわ！　魔力を持つ貝でなくてもね！」

と、カリスタが言います。

アリエルは、空を見上げました。

「そろそろコンサートの時間だわ。」

と、ローレルに言いました。

　みんなで浜辺に向かって泳いでいきました。そして、大きくて平らな岩のところで止まりました。ハンセンさんが、アリエルとトリトン王とわかれた場所で待っていました。アリエルたちに気づくと、不安そうな面持ちで立ちあがりました。まだ遠いので、海の上でなにがおきているのか、よく見えないようです。

「まずは、アリエルから始めよう。」

と、トリトン王がアリエルに言い、三つまたの矛を天高く上げました。

　するとたちまち、アリエルは、人間にもどりました。

　アリエルは岩によじのぼり、カリスタとローレルを引きあげました。

「さあ。」

と言って、ローレルに星貝（スターシェル）のネックレスをわたしました。

「ここからは、自分でやるのよ。」

ローレルは、ネックレスをかかげました。星貝は、お日さまの光をうけて、キラキラとかがやいています。

それから、ローレルは貝を固い岩に落としました。貝はくだけ、かけらがあちこちに飛び散りました。ローレルは、尾についた貝のかけらを手ではらううち、いつのまにか、尾ビレが足になっていました。

「人間にもどれた！」

とさけびました。ローレルは、カリスタにだきつきました。そして、

「とってもすてきな冒険だったね。また、いつでも会おうね。約束だよ。」

と、ささやきました。

アリエルはローレルを砂浜まで連れていきました。それに気づいたハンセンさんが飛んできて、むすめをだきしめました。

「ローレル！　ああ、ぶじでよかった。すごく心配したんだぞ。」

ローレルはハンセンさんのむねに顔をうずめました。

「ああ、パパ。わたしも、パパに会いたくてさびしかったわ！　あのね、いっぱい話すことがあるの。」

そして、海の方をふりかえって見ました。

カリスタは、お母さんとトリトン王といっしょに、まだ海面に顔を出していました。カリスタは、波間からローレルに手をふり、しばらくすると、お母さんと海の中にもどっていきました。

「今までで最高の冒険だったのよ。」

とローレルが小声で言いました。

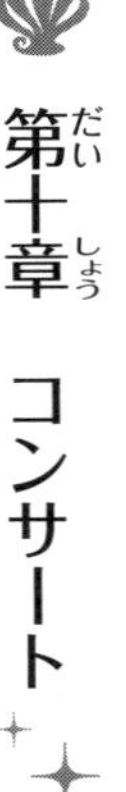

第十章　コンサート

お日さまが海の向こうにしずもうとしています。赤と金色の光の筋が、空をいろどります。

「なんて、美しい夕日かしら。エリック……。」

と、アリエルが言いました。

「本当にすてきだ。」

と、エリックも言いました。アリエルにうでをまわして、そばに引きよせます。

「おっと、それどころではありません！」

セバスチャンが二人のあいだにわって入ります。

「お二人のロマンチックな語らいは、そこまでですぞ！　もう、コンサートが始まるんですからな。」

たしかにそうです。浜辺には、人がどんどん集まってきます。

「すみません、通ります！」

横断幕をつけた二本のポールを持つ生徒たちが、声をかけました。横断幕には、こう書かれていました。

村の学校によるわれらが国王一家におくるコンサート
みんな、大かんげい！

生徒たちは、ポールを砂にしっかりと立てました。

アリエルがいる場所から、姉たちがすぐ近くの海面にうかんでいるのが見えました。アクアータは、カリスタをかたにのせています。アリエルは、にっこりとほほえみました。

(すべて、かんぺきだわ！)

サマーズ先生は、コンサートを学校で開く予定でいました。それを、アリエルが、浜辺でコンサートができないかと先生にたのんだのです。

サマーズ先生は、そのアイディアにさんせいしてくれました！　ローレルはカリスタといっしょにコンサートを楽しめることになりました。

ローレルは、ステージに上がる前にアリエルのところにやってきました。

「プリンセス・アリエル、浜辺でやることを提案してくださってありがとうございました。カリスタが来てくれて、今、わたしたちの方を見てくれています。」

と小声で言いました。

間もなく、サマーズ先生が、観衆の前にあらわれました。

「みなさま、国王一家におくるコンサートへようこそおこしくださいました。最初の独唱者をご紹介いたします。ローレルです！」

ローレルは、にっこりとほほえんで舞台に上がりました。アリエルとエリックは、

ハンセンさんのとなりにすわっています。ハンセンさんはとてもほこらしげです。

「アリエル様、ローレルを見つけてくださって、本当にありがとうございました。」

と、ハンセンさんはアリエルにあらためてお礼を言いました。

さあ、いよいよ、ローレルが歌いはじめました。

「おお、波よ、おしよせて。魚よ、泳いでいこう。浜辺にやさしくうちよせて～。」

「ああ、ぼくの好きな『海の歌』だ！」

と、エリックが言いました。

曲が終わると、観衆が立ちあがりました。はく手かっさいです。

「かんぺきだったわ。」

と、アリエルがはく手をおくりました。

それからコンサートは、夜まで続きました。先生たちが明かりをともし、暗い空に星が光りはじめました。そしてとうとう、最後の歌が終わり、はく手がなりやみました。アリエル、ローレルとハンセンさんは、そっとみんなのところからぬけだし、波打ちぎわにやってきました。

「あなたとカリスタにプレゼントがあるのよ。」

と、アリエルがローレルに言いました。

そして、ローレルに、星貝のかけらで作ったネックレスをわたしました。コンサートの前に、アリエルはさきほどの岩にもどり、われた貝のかけらをひろってきたのです。それを、キラキラ光る二つのネックレスに作りかえたのです。

ローレルは息をのみました。

「うわあ、きれいだわ！」

カリスタが浜辺に泳いできます。

「すばらしい歌だったわよ。」

と、ローレルに言いました。それから、アリエルがカリスタに、ローレルとおそろいのネックレスをわたしました。

「うわあ、すてき！　プリンセス・アリエル、ありがとうございます。」

と、カリスタが言いました。ローレルとカリスタは、いっしょにネックレスをつけました。どちらも星明かりにキラキラとかがやきます。

ハンセンさんとアリエルは、ローレルとカリスタが楽しそうに笑ったり、泳いだりするのを、うれしそうに見ていました。そ

こへエリック王子がやってきて、アリエルのかたにうでをまわしました。そして、アリエルは、ふと心の中でこう思ったのです。

(もしも、今、流れ星が落ちたら？　浜辺の貝が、魔法の貝になったら、なにを願おうかしら？　もし、星貝ができたら、このときが永遠に続きますようにと、お願いしよう。)

アラジン
～宝石の果樹園～
文/エリー・オライアン
訳/中井はるの

これまでのお話

アグラバー王国の王女ジャスミンは、王宮のくらしがたいくつでたまりません。冒険いっぱいの外の世界にあこがれているのです。法律で十六歳の誕生日までに結婚しなければならない王女を、父親で国王のサルタンはとても心配しています。

ある日、王宮をぬけだして町に出たジャスミンは、勇かんで心やさしいアラジンに出会い、好きになります。アラジンもジャスミンにひとめぼれ。でも自分は貧しい町人、彼女にはふさわしくありません。

しかし、ランプの魔人ジーニーに出会い、王子になるという願いをかなえてもらいます。アリ王子に変身してジャスミンに近づくアラジン。彼女が本当に好きなのは、町人のアラジンですが、かしこいジャスミンは、アリ王子がアラジンだと気づきます。

国王の座をねらう悪い大臣ジャファーは、じゃま者のアラジンを消そうと、さまざまなわなをしかけてきます。何度もきけんな目にあいながらも、アラジンは知恵を使い、ジャファーを魔法のランプにとじこめ、ジーニーを自由の身にしたのです。

国王はアラジンの勇かんさと誠実さに心を打たれます。晴れてアラジンはジャスミンとの結婚を許され、アグラバーの王子となりました。今では、ジーニーも、魔法のじゅうたんも、アラジンを助けてくれるよき友達です。

主な登場人物

ジャスミン

アグラバー王国の王女。探究心がおうせいで、しんが強く活動的。アラジンと結婚した今では、魔法のじゅうたんにのって、アラジンやアブーといっしょに町に出かけ、自由な生活を送っています。

アラジン

じゅんすいな心と勇気の持ち主。ランプの魔人ジーニーの助けを借りてジャスミンと結婚。アグラバー王国の王子になります。今ではお城でジャスミンとなかよくくらしています。

アブー

アラジンの相棒のすばしこいサル。ぬすみが得意でときどきトラブルをおこすことも。かがやく宝石と、みずみずしいブドウが大好き。

サルタン

アグラバー王国の国王。人がよく、陽気。美しい羽のクジャクが大好き。好物のパンケーキが朝食に出ないとちょっとふきげんに。

アハメッド

王国の果樹園の管理人。王国から果物がなくなった事件のカギをにぎっているようですが……。

ラジード

お城の召し使い。国王の好きな果物のスープやパンケーキを食卓に出せず大弱り。

魔法のじゅうたん

アラジンの友達の空飛ぶじゅうたん。アラジンをいつも助けてくれます。

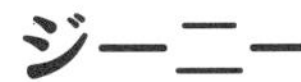

ジーニー

ランプの魔人でしたが、アラジンに自由の身にしてもらいます。陽気でおしゃべり、親切で力強く、アラジンを助けてくれます。

第一章　果物がない！

プリンセス・ジャスミンは、王宮の食堂にやってきたとたん、なにか変だわ、と思いました。父親で、アグラバーの国王、サルタンがふきげんそうな顔ですわっているし、サルタンの朝食のお皿には、果物がなにものっていなかったからです。いったいどうしたことでしょう。

「おはよう、お父様。」

と、席に着きながら、ジャスミンが言いました。クリスタル製のピッチャー（水さし）に手をのばして、グラスにミルクを注ぎました。

「なにかあったの？」

「いや、まあ、ジャスミン、ちょっとなあ……。」

サルタンは明らかにこまったようすで、テーブルに視線を移しました。

ジャスミンが見ると、パイやタルトがもられたお皿や、ハチミツとクルミがたっぷりかかったなめらかなヨーグルトのボウルがならんでいます。テーブルのまん中には、焼きたてのパンが山と積まれています。国王にふさわしいごちそうではありませんか！

「どれも、これも、おいしそうだわ！」

ジャスミンは言いました。

でも、サルタンはがっかりしているようです。

「だが、わしの大好きなナツメヤシとリンゴのパンケーキはどこじゃ？」

ジャスミンは笑いをこらえ、

「あら、ほんとだわ。たしかに、ナツメヤシとリンゴのパンケーキはないわね。」

と、父に同情し、召し使いのラジードを見ました。

「ラジード、パンケーキはどうしたの？」

すると、ラジードは前に進みでてこう言いました。

「ジャスミン様、調理場にかわっておわびいたします。市場にナツメヤシが一粒もなく、王宮のシェフがナツメヤシとリンゴのパンケーキをご用意できなかったのです。」

「ありがとう、ラジード。」

ジャスミンはやさしくこたえると、父のサルタンに言いました。

「お父様、やっぱり、ちゃーんと理由があったわ。」

サルタンは、まだふくれっ面のままで、こう言いました。

「それならば……ラジード、昼食に柿のスープをたのむ、とシェフに伝えてくれるか？」

「かしこまりました。」

と、ラジードはこたえ、食堂を出ていきました。

「なぜなのか、わからん。」

サルタンはジャスミンに文句を言います。

「ナツメヤシは今が旬なのに！　どうしてアグラバーの市場に、ナツメヤシが一粒もないのだ？」

「そうね、たぶん、ナツメヤシとリンゴのパンケーキが好きな人が、他にもいるってことよ。」

と、ジャスミンは父をからかいました。

「またナツメヤシが収穫されたら、きっと市場で売られるようになるわ。そうしたら、すぐにお父様の大好きなパンケーキを作ってもらえるわよ。」

「それならよいのだがな。」

サルタンは、ため息をつきました。そして、テーブルを見わたすと、一人いないことに気づきました。ジャスミンの夫、アラジン王子です。

「今朝は、アラジンはどこにいるのじゃ？」

「ああ、アラジンは夜が明ける前に、魔法のじゅうたんで王家の動物園に出かけたわ。クジャクのひなが、もう小屋に連れてこられるくらい大きくなったんですって！」

それを聞いて、サルタンはようやくにっこりし、

「やった！　すばらしい！」

とよろこびました。

クジャクたちが来るのを、サルタンは何週間も前から楽しみにしていました。美しい羽が大好きなのです。

「ところで、おまえは、今日はなにをするつもりじゃ？」

と、ジャスミンにたずねました。

「それは、これから考えるわ。」

と、ジャスミンはこたえました。

テーブルの向こう側では、アラジンの相棒、サルのアブーが、口いっぱいにクルミをつめこんでいます。

「アブー、クジャク小屋のじゅんびを手伝ってくれるかしら？」

アブーがピョンピョン飛びはねながら手をたたいたので、テーブルのあちこちにクルミのカラが飛び散りました。


朝食を終えると、ジャスミンとアブーはクジャク小屋に行きました。すると、そこには、信じられないような光景が広がっていました。クジャクの巣用の新しいワラが、中庭中にまきちらされているではありませんか。大きな噴水はひびわれ、クジャク小屋の屋根のタイルは、はがれ落ちています！

「なんてことなの。なにがあったの？」

ジャスミンは息をのみました。

「あらしのせいです。ジャスミン様！」

屋根の上から召し使いが返事をしました。

「ゆうべのひどい風で、思いのほかあちこちこわれています。でも、わたしたちがすぐに直しますから。」

「ええ、お願いよ。昨日の夜は、ひどい風だったものね。クジャクの巣は気にしないで。アブーとわたしが、きれいにするわ。」


ジャスミンとアブーは、クジャクが飲み水にこまらないよう、噴水の近くに巣を作り、新鮮で清潔なワラをしきつめました。

アブーが噴水の近くにある大きなボウルを指して、キーキー言いだしました。

「そうね、アブー。エサもいるわよね！　調理場から取ってくるわ。」

ジャスミンがそう言うと、アブーはさっきよりもさわぎ、自分のおなかをさすりました。

「おなかがすいてるの？　じゃあ、おやつを持ってきてあげるわ。ブドウでいいかしら？」

と、ジャスミンは笑いながら言いました。

アブーは、ニヤッとしてうなずきました。ブドウをことわるわけがありません。

「すぐにもどるわ。」

ジャスミンはそう約束すると、ボウルを持って調理場に行きました。そこでボウルにエサを入れていると、シェフとラジードの話し声が聞こえてきました。

「だからむりだともうしあげているのです！」

シェフが声を上げます。

「それなら、王様に自分で説明してくれないか。王様は、ランチに柿のスープをご希望なんだ。わたしはただ伝えにきただけなんだから。」

と、ラジードが言っています。

「柿がないのに、柿のスープをどうやって作れとおっしゃるんですか？」

シェフが声をあらげます。

「わたしも魔法使いではないのです。なにもないのに作れと言われましても、むりな話です！」

「もしかして、果物の配達がおくれているんじゃないのか？」

ラジードが聞くと、シェフは首を横にふりました。

「買い出しに行かせたアミールが、たった今市場からもどってきたのですが……。わたしは、なんでもいいから果物をぜんぶ買ってくるようにとたのんでいたのに、手ぶらでもどってきたんです。市場には、果物がないんだそうです。なに一つです！　リンゴも、ザクロも、ナツメヤシも、柿もない。ブドウだって一粒もない！」

シェフは、もうお手上げだ、と言わんばかりに両手を上げました。

（果物がないですって？　どうしてそんなことになったのかしら？）

ジャスミンは考えました。

アグラバーの王家の果樹園には、果物の木が何百本とあります。むかしから王宮にも、町にも、いつも新鮮な果物があふれていました。

そうです。これで、今日、ジャスミンがやることが決まりました。急いでクジャク小屋にもどると、噴水の近くにエサを入れたボウルをおきました。アブーがさっそくかけよってきて、約束のおやつをもらおうと、手をさしだしました。

「ごめんなさい、アブー……。調理場にブドウがなかったの。市場にさがしに行きましょう。」

アグラバーで、なにかおかしなことがおきているようです。

ジャスミンはなにがおきているのか、ぜったいにつきとめようと決心しました。

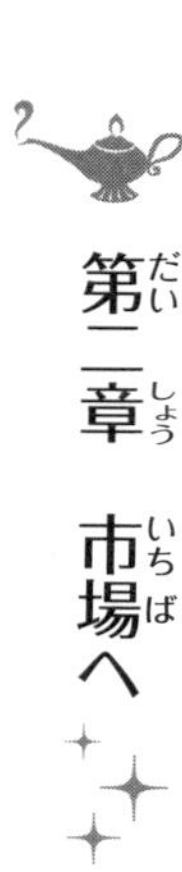

第二章　市場へ

王宮を出る前、ジャスミンは目立たない茶色のドレスに着かえました。頭には、同じ色のスカーフをまきます。こうすれば、宝石のついたヘアバンドがかくれて、王族とはわかりません。だれにも気づかれなければ、ジャスミンはアグラバーの町の人ごみのあいだを速く移動できます！　ジャスミンはかたからかける布袋をつかみました。

「アブー、じゅんびはできた？」

　ジャスミンがたずねます。アブーも自分用の小さい布袋を持っているので、ジャスミンは笑ってしまいました。アブーは、布袋をななめがけにしています。

「ああ、わかった。ブドウを入れるつもりね。」

　ジャスミンはほほえみました。


　ジャスミンとアブーは王宮を出て、門をぬけました。アグラバーの曲がりくねった道はとてもまよいやすいのですが、アブーがいればだいじょうぶ！　王宮に来るまで

は、アラジンとこの町でくらしていたからです。

しばらくして二人は、市場に着きました。ここは、アグラバーでいちばんにぎやかで、ワクワクするところです。何百という屋台やテントが、道にズラリとならんでいます。いろんな色のじゅうたんや銅製のランプ、あざやかな布など、手に入らないものはほとんどありません。シナモンやカルダモン、コリアンダーなどのスパイスの香りがただよってきます。絹の部屋ばきや、革のサンダルを売っているテントもあります。宝石や金を売るテントも！


いつもなら、ジャスミンは屋台を一つずつまわり、きれいですてきなものをながめて歩きますが、今日は、まっすぐ果物屋のテントに向かいます。

「カバリさんのお店から行ってみましょう。」

と、ジャスミンが言いました。会ったことはありませんが、カバリさんのお店は、町でいちばんおいしいリンゴを売っていると、アグラバー中でひょうばんです。カバリさんの果物を買うために、通りのはしまで行列ができていると、ジャスミンは何度も聞いたことがありました。

ところが今日はちがいました。カバリさんの店の前に行列はありません。

そして、果物も見あたりません！

たなにおかれたカゴは、どれも空っぽです。カバリさんはカウンターの向こうに立ち、むっつりしたようすでカウンターをふいています。

「カバリさん、うかない顔してつらそうだわ。もしかしたらなにがおきたのか、知っているかもしれないわ。とにかく果物がないか聞いてみましょう。」

ジャスミンはアブーにささやきました。

「おはようございます！　リンゴを買いたいの。」

店に近づきながら、ジャスミンは言いました。

カバリさんは首を横にふりました。

「おじょうさん、悪いがリンゴはないんだ。」

「ざんねんだわ。リンゴがとれなかったのかしら?」

と、ジャスミン。

カバリさんはかたをすくめ、

「リンゴだけじゃない。ナツメヤシもないんだ。いつもどおり二カゴ分注文したのに、まだなにも届いていない。」

とこたえました。

「明日にはちゃんと届くといいですね。」

ジャスミンは、ほほえんでカバリさんをはげまそうとしました。カバリさんもニコッとほほえもうとしましたが、どう見ても心配そうでした。

それは、カバリさんだけではありませんでした。いつもの市場は、アグラバーの人々が、友達や近所の人たちと連れだってやってきて、笑ったり、おしゃべりしたりしてにぎやかなのに、今日は、ふだんよりとても静かです。

アブーはジャスミンのドレスを引っぱり、自分の布袋をたたきました。

「ええ、もちろん、ブドウのお店にも行くわよ。」

と、ジャスミンは約束しました。

「だけど、ブドウのお店は、市場のいちばん向こう。ザクロのお店の方が近いから、先にそっちによりましょう。」

ザクロはジャスミンの大好きな果物の一つです。冷たいザクロジュースを暑い午後に飲むのが好きなのです。でも、ザクロのお店のたなにも、ザクロが一つもなかったので、ジャスミンはがっかりしてしまいました。

それから、ジャスミンとアブーは、いつもマンゴーを売っている店に行きました。ところが、その店も品物がありません。

その次は柿を売っている店です。その店に向かいながら、ジャスミンはぐっと息を止めて、

（かわいらしいオレンジ色の柿がいっぱいならんでいますように！）

と願いました。

でも、そこでもまた、たなにも、カゴにも柿はありませんでした。

お城のシェフが言っていたとおりです。

どこにも、新鮮な果物が一つもないのです！

「ほんとに変だわ。アブー、どうしてこんなことになったのかしら？」

ジャスミンはおどろいて言いました。

ところが、返事がありません。下を見ると、アブーがいなくなっているではありませんか！

「アブー？」

大きな声でよんでみます。左右を見まわしました。カウンターの下をのぞき、屋台のおおいの上も見ました。でもどこにもいません。

アブーが、消えたのです！

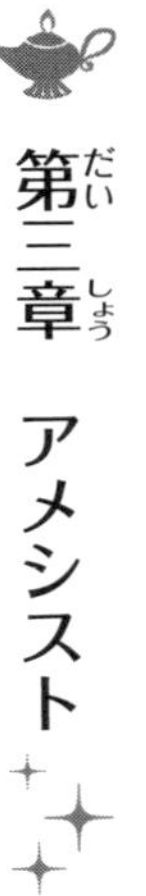

第三章　アメシスト

「アブー！」

ジャスミンは大声でよびました。むねがドキドキしてきました。いくらアブーが市場をよく知っているとはいっても、迷子にならないとはかぎらないと、心配になりました。それに、アブーはときどき、人のものをとってしまうのです。もし、ぬすみをはたらいてつかまったら、一大事になります。早くアブーを、さがしださなくてはなりません！

ジャスミンは市場の道を走りまわりました。でも、すぐに息がきれてしまったので、休むことにして、息をととのえました。

（もし、わたしがアブーだったら、どこに行くかしら？）

ジャスミンは考えました。

くちびるをかみ、しばらくじっと考えてから、目をかがやかせました。

「ブドウよ！」

と声を上げました。アブーは一日中、ブドウを食べたがっていたのです。待ちくたびれて、ブドウの店に一人で向かったのかもしれません！

ジャスミンは空を見上げました。お日さまはしずみかけています。あまり時間はありません。ブドウを売る店には一度だけしか行ったことがありませんでしたが、たぶん一人で見つけることができるでしょう。それは、町を囲む高いかべぞいにあるのです。

ジャスミンは町を囲む南側のかべまで走ると、かべづたいにブドウの屋台へと向かいました。ブドウの店に着くころには、行き交う人もまばらになっていました。店主たちは商品をかたづけ、店をたたみはじめています。

ブドウを売る店に近づいてきたので、

「アブー！　どこなの？」

と、ジャスミンがよびました。この前、屋台を見たときには、たなに何十個もカゴがならび、赤、緑、青、黒など、いろいろな色のブドウがカゴからあふれていたのですが、今日はブドウの店の中も空っぽです。

「もう、アブー、いったいどこ？」

ジャスミンがさけぶと、とつぜん、屋台の後ろからアブーが飛びだしてきて、ジャスミンの首に飛びつきました。

「まあ！」

ジャスミンはびっくりして声を上げました。

「アブー、ほんとに心配したのよ！　あちこちさがしまわったんだから！」

アブーはキーキー鳴きながら、ブドウの店を指して飛びはねます。

「はいはい、わかってるわ。」

と、ジャスミンが言います。

「ブドウがなくてほんとにざんねんだわ。でも、急いでお城にもどらないと。もうすぐ暗くなってしまう！」

アブーが小さな布袋をしっかり抱きかかえ、ジャスミンのかたにスルスルと飛びのると、ジャスミンはアグラバーの曲がりくねった道を走りぬけました。二人がお城の門に着いたときには、一番星があらわれていました。

「サルタン国王の名のもとに、止まれ！　何者だ？」

守衛隊長のラスールがさけびました。

ジャスミンはスカーフを引っぱり、頭のヘアバンドについた宝石を見せました。

「わたしは、アグラバーの王女、ジャスミンよ。」

と身分を明かしました。

すぐに守衛たちは、王女が中に入れるように重い鉄のとびらを開きました。ジャスミンが中に入ると、アブーもかたから飛びおり、小走りでお城の中に入りました。

「なんだ、ここにいたんだね。」

聞きおぼえのある声がします。その声を聞いて、ジャスミンはにっこりしました。

アラジンです。

「またなにか、たくらんでいたのかな。」

アブーが横をすりぬけたのを見て、アラジンは目をキラッとさせました。

「今日は、なにか問題を引きおこしてないだろうね？」

「じつは、ちょっとこまったことがあるの。わたしたちが引きおこしたわけではないのだけどね。」

ジャスミンがとまどいがちに言うと、アラジンも心配そうにこたえました。

「つかれているんだろう？　お茶を飲みながら聞くよ。」

ジャスミンとアラジンは、ティールームに向かうとちゅう、クジャク小屋の横を通りすぎました。

「まあ、クジャクたちを見て！」

ジャスミンは、中庭でクジャクが六羽、きどって歩いているのを見て、目をかがやかせました。そのうちの一羽に、父のサルタンが自分の手からエサをやろうと話しかけていたので、ジャスミンはにっこりしました。

「それで、今日はなにがあったのかな？」

アラジンは、すわったとたんに聞きました。

「すごく変なことがおきているのよ。」

と、ジャスミンは話しはじめました。

そして、朝食で果物入りのパンケーキが出なかったことから、市場に果物が一つもなかったことまで、話しました。

「たしかに、おかしいな。この数週間雨がふらなかったからね。もしかすると、そのことが関係してるのかもしれないぞ。」

と、アラジンはうなずきました。

　ジャスミンは首を横にふりました。

「王家の果樹園では、雨がないときには噴水で水やりをしているの。だから、果物はたくさん実るはずよ。」

と説明します。ふと気がつくと、テーブルにお茶がないではありませんか！　ティーポットをとってこようと、ジャスミンは立ちあがりました。すると、

「あっ！」

と、ジャスミンが声を上げました。

「どうしたんだい？」

　アラジンはびっくりして飛び上がりました。

「なにか固いものをふんだみたい。」

ジャスミンはしゃがんでそれをさがしながらこたえました。ひろいあげてみると、見たこともないほど美しい紫色の、すばらしい宝石でした。

「あら、アメシストだわ！　どうして、ゆかに落ちていたのかしら？」

ジャスミンはおどろきました。

「どうしてなんだろう？」

と、そのとき、アラジンは、なにかを見つけました。

「ねえ、あれはなんだ？」

ジャスミンの後ろを指さします。ふりむいてみると、また別のアメシストがかがやいていました！

「さっきのと、ペアになるわ。」

ジャスミンはそれを、耳元にあててみせました。

「ねっ、すてきなイヤリングになると思わない？」

と、にっこりしています。

アラジンがこたえる前に、なにかが転がる音が聞こえました。そちらに目をやると、また別のアメシストが転がってきて、キラキラとかがやいています。

ジャスミンとアラジンは、なにがおきたのだろうと顔を見合わせました。

「きっとだれかのものよね？　持ち主をさがしましょう。」

と、ジャスミンが言いました。

第四章　持ち主はだれ？

ティールームの外のろうかでも、またアメシストが見つかりました。

そして一つ、また一つ……。

片手でにぎると、美しいアメシストの石がこすれて音をたてます。アメシストが、六つ……七つ……八つ……。

ジャスミンとアラジンが、ろうかの角を曲がると、アブーがひざの上にアメシストを山のようにのせてすわっているではありませんか！　アブーがそのうちの一つをかじろうとしたので、ジャスミンは声を上げそうになりました。アブーは顔をしかめ、かじったアメシストを投げました。

ところがそのアメシストがアラジンの頭にあたり、アラジンは、

「いたっ！」

と、小さくさけびました。

二人に気づいたアブーは、あわてて立ちあがり、アラジンの足にぎゅっと飛びつき、悪かったと言いたげに見上げます。アラジンに痛い思いをさせたとわかっているようです。

「ああ、だいじょうぶだよ、アブー。でも、ちゃんと説明してくれよ。こんなにいっぱい、どこから持ってきたんだ？」

アラジンは笑いながら言いました。

アブーがゆかに飛びおり、アメシストを両手ですくいました。まるでブドウのようです。それから、楽しそうに手をたたきながら二人のまわりをグルグルとまわりました。

「だからブドウの店であんなにはしゃいでいたのね。」

ジャスミンはようやく合点がいきました。

「やっとおいしいブドウを見つけたと思って。」

「でも、おいしくないだろ？　すごくきれいだけどね。」

と、アラジンがからかいます。

アブーはうんうんとうなずきました。

「だれだかわからないけど、持ち主がさがしてるんじゃないか？」

アラジンが続けます。

アブーはちょっと考えると、またうなずきました。

「どこで見つけたの、アブー？」

ジャスミンがやさしくたずねます。

「ブドウの店？　それとも通りで見つけたの？」

するとアブーは、かべにかけより、ポンポンと両手でたたきました。

「市場を囲むかべのそばに落ちてたのね。わかったわ。明日の朝いちばんに、そこにもどって持ち主をさがしましょう。見つけた場所を教えてね。」

ジャスミンは落ちているアメシストをひろい、アブーもいっしょに手伝いました。

「ありがとう、アブー。さあ、もう休みましょう。今日は長い一日だったわね！」


次の日の朝早く、ジャスミンとアラジン、アブーはお城を出発しました。今度は魔法のじゅうたんにのって空から向かいました。日はのぼったばかりでしたが、市場ではすでに商人たちがあちこちでせわしなく開店のじゅんびをしています。じゅうたんにのり、空から市場をながめましたが、果物を売る店にはまだ果物が一つもありません。

ブドウの店に着くと、魔法のじゅうたんは静かに着陸し、ジャスミンたちはじゅうたんからおりました。アブーがアメシストを見つけた場所を指さします。

「あそこだね？」

アラジンに聞かれて、アブーはうなずきました。

「商人たちに、なにかなくなっていないか、聞いてみましょう。」

ジャスミンは、背の高い男の人に近づいて話しかけました。

「すみません。このあたりで落とし物をひろったのですが、最近なくし物をされませんでしたか？」

「落とし物って、それは、なんだ？」

男の人の目が、ぎらりと光りました。

「紫色の……。」

ジャスミンがこたえようとすると、アラジンがわって入り、言いました。

「なにを落としたかを教えてください。そうしたら、ぼくらが見つけたものかどうかわかりますから。」

と言いました。

男はアラジンをにらみつけました。

「あのアメシストは、ものすごく高価なものなんだから。」

男に聞こえないように、アラジンはジャスミンに小声で言いました。

ジャスミンはにっこりしました。今でもアラジンの方が、町の事情にくわしいようです。なにしろ何年もここでくらしていたのですからね。


午前中、ジャスミンとアラジンは、出会った人すべてに、落とし物をしなかったかたずねました。でも、落とし物をした人はだれもいません。アブーはほとんどあきらめてしまい、ちょっと休もうと横になり……ねむってしまいました。

ジャスミンもアメシストの持ち主を見つけられないのではないかと、心配になってきました。

「アラジン、どうしましょう？　宝石を持ち主に返せなかったら、どうしたらいいのかしら？」

アラジンは、ずいぶん考えてからこう言いました。

「できるだけのことをして、持ち主をさがしたんだ。お城にもどって、市場にはりだすはり紙を作ろう。持ち主がわかるまで、王宮の保管室にしまっておけばいいよ。」

「それはいい考えだわ。」

ジャスミンはそう言うと、帰るためにアブーを起こそうとかがみました。そして、歩きかけたものの、すぐに立ちどまりました。

「このかべの向こう側に果樹園があるはず。少し見ていきたいわ。」

「わかった。魔法のじゅうたんよ、ジャスミンに手をかしてくれるかい？」

と、アラジンがたずねると、魔法のじゅうたんはうれしそうにタッセル（糸をたばねて作るかざり）をゆらし、階段の形になりました。ジャスミンは気をつけてのぼり、かべの向こう側を見ました。すると、思ってもいなかったながめに、ジャスミンはごくんとつばを飲みました！

「どうした？　なにがあるんだ？」

アラジンが、下の方からたずねます。

「はり紙は作らなくてよさそう。ほら、見て！」

と、ジャスミンがこたえます。

第五章　果樹園

アラジンにも、かべの向こうを見せてあげるためには、魔法のじゅうたんの階段を

ゆずらなくてはいけません。でも、ジャスミンは、果樹園のすばらしいながめにクギづけです。今までも、年に何度か、ジャスミンは父の国王と、王家の仕事で果樹園を訪れることがありましたが、こんな光景は見たことがありません。

果物の木々は、今までと同じように、はるか遠くの方まで続いています。かべの向こう側のブドウのツルにおおわれたあずまや（休息のための屋根と柱だけの小さな建物）も、いつもと同じです。美しいタイルばりの噴水も、変わらずにブドウの木の列のあいだにありました。

ですが、木々そのものが、ずいぶんと変わっているのです！　明るい日の光でキラキラかがやき、手をかざさないとまぶしくて見られません。

「こんなこと、ありえない。どうしてこうなっちゃったの？」

と、ジャスミンはアラジンに言いました。

「どういうこと？　ジャスミン、なにがおきたんだ？」

アラジンがたずねました。

「木に……木に宝石がなっているの！」

ジャスミンがこたえました。

ジャスミンのにぎりこぶしと同じくらいの大きなルビーが、リンゴの木になっているのです。ザクロはきらめくガーネットに変わっています。キラキラかがやく黄色のトパーズが、レモンの木になっていました。また、ナシの形をした黄緑色のペリドットがなっている木もあります。噴水も、冷たくすきとおった水ではなく、かがやくサファイアにうもれています。

アラジンも見られるよう、ジャスミンはじゅうたんの階段からおりました。そして、アラジンがじゅうたんに上がり、かべの向こう側を見て、目を丸くして言いました。

「なるほど、こういうことか。どうりで市場に果物が出ないわけだ。」

「行きましょうよ。」

と、ジャスミンはかべづたいに足早に歩きはじめました。

「でも、ジャスミン、王宮はこっちの方だよ。」

アラジンがぎゃくの方向を指さしました。

「いいえ、王宮にはまだもどらない。果樹園に行くの。いっしょに来て！」

「ジャスミン、ちょっと待って。」

急いであとを追いながら、アラジンがよびかけました。

「王宮にもどって、お父上に話すべきじゃないか？」

「たしかに、お父様に知らせるべきよ。でも、きっと、このままじゃ、お父様もわけがわからないと思うの。だからこそ、果樹園の管理人のアハメッドを連れて帰りたいのよ。彼なら果樹園になにがおきたか知ってるはずだから。」

と、ジャスミンはこたえました。


二人は、かべづたいに歩き、果樹園へ入る分厚い木製のドアのところにやってきました。二人がドアを開けて果樹園に入ると、キラキラとかがやく木々に、ジャスミンの目はクラクラしました。アブーが、ブドウのツルにおおわれたあずまやを指さし、

さけんでいます。それもそのはず。ブドウの代わりに、紫色のアメシストが何百とかがやいているのですから！

「ブドウがアメシストになってる！　アメシストはここから来たのね！」

ジャスミンはびっくりして、あずまやのブドウのツルにぶらさがるアメシストのかたまりをじっと見ました。

「これで、わからなかったことのうちの一つは、こたえが見つかったかしら？」

「でも、まだ他にもわからないことがあるよ。」

と、アラジンが言います。

ジャスミンがアラジンの方をふりかえると、管理人の小屋の出入り口に立っていました。

「アハメッドはどこにいるんだ？」

アラジンが続けます。

「果樹園の木を調べているのかもしれないわ。」

と、ジャスミンが言いました。二人は果樹園の中を歩きまわり、アハメッドの名前を大声でよびました。アブーはしばらくついてきていましたが、そのうちあきて、あずまやの下で遊びはじめました。魔法のじゅうたんは、小屋の中で休ませることにしました。

果樹園中をさがしましたが、どこにもアハメッドのすがたはありません。

小屋にもどると、アラジンには、もう一つわからないことが出てきました。

「どうしてアハメッドは、すぐに王宮に報告に来なかったんだろう？　大変なことだとは思わなかったのかな？」

「ほんと、どうしてかしら？　宝石は、うっとりするほど美しいけど、アグラバーの国民は宝石は食べられないわ。必要なのは新鮮な果物よ。それに、噴水だって、本物の水が出なければ意味がないわ！　今ごろ、アハメッドはお城に行ってるのかもしれない。」

と、ジャスミンは言いました。

アラジンは首を横にふりました。

「それはないね。外出用のマントとつえが、テーブルの横におきっぱなしだ。」

ジャスミンもテーブルの方を見ると、すぐに別のものにも気づきました。見たことのない美しい青色の絹でできた袋です。

「これは、なに？」

明るいところで見ようと、ジャスミンは袋を持って外に出ました。絹のひもを引っぱり、小さな袋を開けて中をのぞいてみました。

「アラジン、なんて美しいの。これは、いったいなにかしら？」

アラジンも袋の中をのぞいてみると、中には黄金色の粉が入っていました。キラキラと光って、アラジンの顔が金色にかがやきます。

「わからない。こんなもの、はじめて見たよ。」

とつぜん、アブーがあずまやから全速力で走ってきました。気の荒いスズメバチに追われています！

アブーは果樹園を全力でかけてきたので、二人がアハメッドの小屋の前に立っているのに気づきませんでした。

ドン！

アブーは、ジャスミンにぶつかり、よろめいたジャスミンをアラジンが受けとめました。黄金色の粉がほんの少し、ジャスミンの足元にさいていた花にかかりました。

「アブー、あぶないじゃないか！」

アラジンがしかりました。

「だいじょうぶよ。」

と、返事をしたジャスミンは、足元を見ました。粉がこぼれたところに、キラキラとかがやく宝石の花がさいているのです。小さな花びらは、赤いルビーでできています。

「アラジン！」

ジャスミンが声を上げました。

「この粉だわ！　この粉がかかると、みんな宝石になっちゃうのよ！」

「どうしてそんなことが？」

アラジンがおどろきます。

「わからないわ。でも、一つだけたしかに言えることがある。これはとてもきけんよ。あの果樹園の変わりようを見たでしょ？　もし、畑にこぼれでもしたら、野菜はすべて宝石になってしまう！　噴水だって、あのありさまよ。水が一滴もなくなったわ。もし、アグラバーの水源に、この粉がまざってしまったら、飲み水がなくなってしまうわ。」

「つまり、この粉の扱い方は、ぼくたちにかかってるってことだ。」

と、アラジンは、真剣な面持ちで言いました。

「すぐになんとか、しょぶんしなきゃいけない……これ以上、なにかが宝石に変わっちゃう前にね！」

第六章(だいしょう)　砂漠(さばく)へ

ところが、アラジンはそこで言葉(ことば)を止(と)めました。

「だけど、どうすればいいんだ？」

ジャスミンは、まゆをひそめ、絹(きぬ)の袋(ふくろ)のひもをキュッと引(ひ)っぱり、とじました。

「どうしたらいいのか、わからないけど、アグラバーからできるだけ遠(とお)いところに持(も)っていかなくてはね。」

「ということは、魔法(まほう)のじゅうたんの出番(でばん)だね。」

アラジンが言(い)い、くちぶえをふくと、じゅうたんが飛(と)んできました。

「さあ、のるよ。いいかい？」

ういているじゅうたんにのれるように、アラジンはジャスミンに手(て)をかしました。

アブーもよじのぼります。魔法(まほう)のじゅうたんは空高(そらたか)く上(あ)がり、ジャスミンは粉(こな)の入(はい)った袋を両手でぎゅっとにぎりました。

「さて、どこへ行こうか？」

アラジンが、聞きます。

「砂漠に向かいましょう。できるだけアグラバーから遠い方がいいわ。」

「じゅうたん、連れてってくれるね？」

アラジンが聞くと、魔法のじゅうたんが、わかったよと言いたげに、タッセルをゆらしました。

じゅうたんはスピードを上げて飛んでいきます。あまりに速いので、アブーのぼうしが飛びそうです。アブーはぼうしを両手で必死につかみました。

アグラバーの国境まで、そう長くはかかりませんでした。見わたすかぎり砂漠が広がっています。王宮の美しい塔も、はるかかなたにかすむくらい遠くまで来ました。

「ジャスミン、そろそろどうだろう？　もう、十分遠くまで来たかな？」

アラジンがジャスミンに聞きました。

すると、ジャスミンは首を横にふります。

「もう少し遠い方がいいと思う。念には念を入れるにこしたことはないわ。」

(アグラバーからどれくらい離れたかしら?)

ジャスミンは、確認しようと後ろをふりむき、目がまんまるになりました。

「アラジン、後ろを見て!」

とさけびました。

アラジンがふりかえると、後ろから別のじゅうたんが飛んできます!

しかも、どんどんスピードを上げて近づいてきていました。

ジャスミンは息をのみました。

「まあ、アハメッドよ！　きっと……わたしたちを追ってきているんだわ！」

後ろの魔法のじゅうたんは、ものすごいスピードで飛んできます。そのうち、アハメッドの顔がはっきり見えるくらいまで近づいてきました。しかめっ面で、まゆがつり上がっています。

「おこってるみたいだ。たぶん、ぼくたちがなにを持ってるかわかってる。そして、取りかえそうとしてるのかもしれない。」

と、アラジンが言いました。

「ねえ、急いで！　魔法のじゅうたん、もっと速く！　後ろのじゅうたんに追いつかれないように！」

と、ジャスミンがせかします。

魔法のじゅうたんは、ジャスミンにせかされ、今までにないスピードで飛びはじめました。

ですが、後ろのじゅうたんも、同じくスピードを上げてきます！　もう、あとほんの数メートルというところまで近づかれてしまいました。

なんとかのがれるため、魔法のじゅうたんが急上昇すると、ジャスミンは心臓がドキドキしました。

後ろのじゅうたんをふりきろうとして、魔法のじゅうたんはスピードを上げ、ジグザグに飛び、砂漠の上空を上へ、下へと飛びつづけました。でも、どんなにがんばって飛んでも、アハメッドはピッタリついてきます。

「みんな、しっかりじゅうたんをつかむんだ！　宙返りするぞ！」

アラジンがさけびました。

ジャスミンは魔法のじゅうたんのはしをつかみました。上へぐんと上がっていき……そして、じゅうたんはくるんとまわりました。

そのとたん、絹の袋がジャスミンのひざから転がり落ちてしまいました！

「ああ、だめ！」

ジャスミンがさけびました。袋はどんどん落ちていきます。

でも、手遅れでした。袋の口が開いて、黄金色の粉は、砂丘にこぼれてしまいました。砂漠のサボテンが数本、ジャスミンたちの目の前で、エメラルドに変わってしまいました。

「じゅうたん！　気をつけるんだ！」

アラジンが大声を上げます。

ジャスミンが顔を上げると、アラジンたちのじゅうたんとアハメッドのじゅうたんが、今にもぶつかりそうです！　みんなが悲鳴を上げるなか、二枚のじゅうたんは、ギリギリでたがいをよけ、ぶつからずにすみました！

魔法のじゅうたんは、砂漠におりました。ジャスミンは、砂の上におりたちましたが、ひざがガクガクしています。アブーはエメラルドになったサボテンに心をうばわれ、小さい手で少しだけもぎとろうとしますが、取れません。そのエメラルドは、ビクともしません。それを見ていたジャスミンは、がまんできずに笑いだしました。

そこは、ジャスミンとアラジンが見たこともないほど美しい景色でしたが、楽しんでいられたのはほんのつかのまでした。もう一枚のじゅうたんも、砂漠におりたのです。


アハメッドが、じゅうたんからおり、こちらにやってきます。

第七章　銀の箱

ジャスミンは深呼吸をし、かくごを決めて言いました。

「アハメッド、だまって持ちだして悪かったけど、粉はしょぶんする必要があったの。アグラバーの作物や水を守るためには、しかたなかったのよ。」

きっぱりと、信念をもって言いました。

すると、アハメッドは、ジャスミンに深く頭を下げました。

「ありがとうございます、ジャスミン様。おっしゃるとおりでございます！」

顔を上げたその目には、感謝の気持ちがあふれていました。

ジャスミンとアラジンは、ホッと顔を見合わせました。

「お二人を追ったのは、粉の力をごぞんじないと思ったからです。果樹園から飛び立たれたのを見て、一刻も早くご忠告もうしあげねばと思ったのです。」

と、アハメッドが続けます。

「それで、ぼくたちを追いかけてきたんだね。」

と、アラジン。

「わたしができなかった粉のしょぶんをしていただき、本当に感謝しております。こならば、あの粉がアグラバーの穀物や水を、宝石に変えてしまうことはないでしょう。」

アハメッドは、ジャスミンたちに話しました。

ジャスミンがうなずき、

「それに、ここを通りかかる旅人は、この美しいサボテンを見つけてよろこぶでしょうね。しっかりと根づいているから、欲深い盗賊だってぬすめないわ！」

「だけど、もし、盗賊たちが今の果樹園を見たら、宝石をとりにくるかもしれないな。」

と、アラジンが言いました。

ジャスミンは目をとじ、想像しました。宝石に変わったリンゴやマンゴー、ザクロ、柿、ブドウを一つ残らずぬすもうと考える者もいるでしょう。果樹園の実がすべてなくなったら、木々はいたんでしまうでしょう。

（急いでもどらなくてはいけないわ。）

ジャスミンは、アハメッドに聞きました。

「ところで、粉はどこで手に入れたの？」

アハメッドは、ちょっととまどっていました。それから、服のポケットをさぐりました。

「数日前、いちばん古いリンゴの木の手入れをしていたのです。」

と、話しはじめました。

「土を少しほっていたら、シャベルがなにか固いものにあたりました。すると、これが出てきたのです。」

アハメッドはジャスミンに、宝石がたくさんはめこまれた小さな銀の箱をわたしました。箱の中には丸められた紙が一枚入っていました。紙は黄ばんでいて、まわりがボロボロになっています。とても古いもののようです。

ジャスミンは、紙をまっすぐにのばし、読みすすめるうちに、厳しい顔つきになりました。

燃えるトウガラシのように熱いもの
ザクロの種のようににがいもの
トゲのようにするどいもの
それぞれ同じ量

「たぶん……なにかの作り方のようね。だけど、なにができるのか、書かれていないわ。」

ジャスミンがようやく言いました。

「ジャスミン様、わたしも、とても気になりまして。それで、自分で作ってみることにしたのです。たんなる、遊びでした。ところが、材料をぜんぶまぜたら黄金色の粉ができて、とてもびっくりしたんです。」

と、アハメッドが言いました。

「それで、どうして果樹園にまいたんだ？」

と、アラジンがたずねました。

「ちがいます！　そうじゃありません！　そんなこと、考えもしませんでした！　まぜおえたときに、強い風がふいてきたんです。すぐに、ふたをしようとしたのですが、間にあいませんでした。風のせいで、果樹園中に粉が飛びちってしまったのです！」

アハメッドが、大きな声できっぱりと言いました。

「ええ、わたし、そのあらしのこと、覚えているわ。王宮のクジャク小屋の屋根のタイルが、はがれてしまったのよ。」

と、ジャスミンがうなずきました。

「ええ、ジャスミン様、わたしは、わが目をうたがったのです。」

アハメッドが言います。

「信じられなくて、一本ずつ見てまわったのですが、どれも宝石の木に変わってしまっていたのです！　美しい光景でしたが、どうしたらもとにもどせるのか、わからなくて。」

ジャスミンは同情するようにうなずきました。

「そうね。果樹園にもどり、この魔法をとく方法を見つけましょう。」

ジャスミン、アラジン、アハメッドとアブーは、急いで魔法のじゅうたんに飛びのりました。二枚の魔法のじゅうたんは宙にうくと、よく晴れた青い空を、アグラバーをめざし、すべるように飛んでいきました。王宮の塔がようやく見えはじめ、ジャスミンはホッとため息をもらしました。

着いたらすぐに、魔法をとく方法を考えなくてはなりません。

アラジンはジャスミンを見て小さな声で言いました。

「ジャスミン、なにかアイディアがあるの？」

ジャスミンは首を横にふりました。

「いいえ、まだ、なにも。だけど、なにか考えるわ！」

第八章　魔法をとく粉

魔法のじゅうたんは、ようやく果樹園に着きました。宝石になってしまった果物のまわりを、ハチがおろおろしながら飛んでいましたが、それ以外に変わったようすはなく、ジャスミンはホッとしました。キラキラとかがやく果物は、まだ木についたままです。

「あまり時間がないわ。そのうち、果樹園になにがおきたんだろうと人々が調べに来るでしょう。早く魔法をとかなくてはいけないわ。アハメッド、あなたが銀の箱を見つけた木のところに連れていってくれる？」

ジャスミンが言いました。


「ジャスミン様、こちらです。」

と、アハメッドがこたえました。

アハメッドは、ジャスミン、アラジン、アブーを、箱を見つけたリンゴの木に連れていきました。いちばん古いリンゴの木は、枝は太くふしくれだち、樹皮は銀色にかがやいています。

「この木のまわりをほってみましょう。魔法をとく方法があるとしたら、きっとこのあたりにあるはずよ。」

と、ジャスミンが言いました。

アブーが小さな手で地面を力いっぱいほりはじめ、土がたくさん飛び散りました！

それを見たジャスミンが笑いだしました。

「アブー、その調子！　さあ、わたしたちも、やりましょう。」

とはげまします。

ジャスミンとアラジンも、地面をほりました。ですが、木の根元をほりかえしても、出てくるのはミミズや石ばかりです。

アハメッドは心配そうにみんなを見ました。

「これ以上深くほったら、木の根をきずつけてしまいます。」

アラジンはそででひたいをぬぐいました。

「ふう！　大変な作業だったな。」

「魔法をとく方法があるとしたら、果樹園のどの木の下にうめられていてもおかしくないわ。」

と、ジャスミンが言いました。

ひとしきり、みんなだまったままでした。

では、いったいどうすればいいのでしょう？

「アハメッド、もう一度、あの紙を見せてもらえる？」

と、ジャスミンが言います。

アハメッドは、銀の箱を手わたしました。

ジャスミンは紙をひろげると、もう一度読みかえしてみました。

「熱いもの……にがいもの……するどいもの。たぶんこういうことだわ！」

みんなが、ジャスミンを見ました。

「自分で、このぎゃくの方法を見つければいいのよ！　ここに書かれている材料とぎゃくのものをそろえれば、きっとあの魔法をとく粉を作れるわ！」

と、ジャスミンが言いました。

「そりゃ、名案だ！」

と、アラジンが言いました。

「魔法をひっくりかえすには、なにか冷たいものと……あまいものと……そして、なめらかでやわらかいものが必要ということね。みんなで市場にもどって、手分けしてそろえましょう。アハメッド、あなたは冷たいものを。アラジン、あなたはやわらかいものを。アブーとわたしは、あまいものを見つけるわ。」

「しょうちいたしました。」

と、アハメッドがこたえました。

「できるだけ早くもどってくるよ。」

アラジンが約束しました。

アブーは立ちあがって、ジャスミンに敬礼をしました。

みんなで、人目につかないように果樹園から出て、急いで市場に向かいました。

「あまいもの、あまいもの、あまいもの……。」

ジャスミンは歩きながらぶつぶつつぶやきました。

「ハチミツはあまいけれど、ベタベタするものね。他の材料とうまくまざらないわ。」

アブーがピョンピョンはねながら、なにかを指してキーキー言いはじめました。

ジャムやシロップを売っている屋台が、近くにあったのです。

「ザクロシロップはとってもあまいけれど――やっぱりハチミツと同じで、ベタベタするわ。それに、ナツメヤシのジャムも……ナツメヤシ……それだわ！　アブー、そうよ！」

アブーは頭の後ろをかき、よくわからないという目をジャスミンに向けました。

「ナツメヤシから作った砂糖なら、あまい粉だから他のものとまざるわ。」

ジャスミンは、店の店主に聞きました。

「こんにちは、ナツメヤシの砂糖はありますか？」

店主はジャスミンにおじぎをすると、うなずいて、砂糖の入ったビンをカウンターに出しました。

「この二日間、ナツメヤシが届かず、今あるのはこれだけ。最後のナツメヤシの砂糖でございます。」

「早く届くといいわね。」

ジャスミンは早口で言うと、店主の手のひらに金貨をおいて礼を言いました。

「ありがとう！」

ジャスミンとアブーは、果樹園に走りました。


アハメッドとアラジンが、古いリンゴの木の下で二人を待っていました。

「もどってきたね！」

アラジンが声を上げ、手を開いて見せます。

「ほら、これを手に入れてきた。ベルベット（じゅうたんなどに使う織物の一種）のように、うんとやわらかいバラの花びらだ。するどいものの反対だ。」

「かんぺきね！」

ジャスミンはそう言うと、手をのばして花びらにさわってみました。

アハメッドは、ボウルに入れたかき氷を出しました。

「すばらしいわ。アブーとわたしも市場でいいものを見つけたのよ。ナツメヤシから作った砂糖を持ってきたわ。」

ジャスミンがなべに三つの材料を入れるのを、みんなはだまって見つめていました。

そして、アハメッドがジャスミンに長い銀のスプーンをわたしました。

「ジャスミン様、まぜていただけますか？」

ジャスミンは、スプーンを受けとると、材料をまぜはじめました。まぜるうちに氷がとけ、紫色の粉ができました。

アハメッドがうなずきます。

「前もこのようになったのです。でも、そのときできたのは黄金色の粉で、このような紫色ではありませんでした。」

「そうね。」

と、ジャスミンは、考えこむようにくちびるをかみました。

「色がちがうということは、前の魔法をもとどおりにする粉だと思いたいわ。」

なべの中を見ながら、ジャスミンは、もうすぐはっきりすると思いました。

第九章　果樹園がもどった！

「この粉が効くかどうか、わからないからね。果樹園にまく前に、リンゴの木でためした方がいい。」

と、アラジンは言いました。

「それはよいお考えです。」

アハメッドもうなずきました。

ジャスミンがまぜおわったそのとき、やさしい風がふいてきました。ジャスミンのかみの毛が風でゆれます。そしてきゅうに、風はどんどん強くなりました。

「あっ、粉が！」

ジャスミンがさけび、なべにふたをしようとしましたが、間にあいません。すさまじい風がなべの中にふきつけ、果樹園中に粉をまきちらしてしまいました！

風はとても強くなり、ジャスミン、アラジン、アハメッドとアブーは、手で顔をおおい、目をとじました。木々に実る重い宝石の果物がぶつかりあい、大きな音をたてて、他の音をかき消すほどです。

そして間もなく、風はふきはじめたときのように、とつぜんやみました。果樹園はまた、静かになりました。

ジャスミンは、深く息をつきました。そして、どうなっているかしらとドキドキしながら、おそるおそる目を開いてみました。

木々はいつものようにどっしりとしていて、やわらかい緑の葉がゆれています。そして、なによりほっとしたのは――もう、どの果物も、宝石のようにキラキラしていなかったことです！　リンゴ、ザクロ、ナツメヤシ、柿、レモン、マンゴー、ナシ……あらゆる果物がたわわに実り、あまい香りを、果樹園中にただよわせています。

「うまくいったのね！　粉のおかげね！　魔法がとけたわ！」

ジャスミンがよろこびの声を上げました。

「ジャスミン様、ありがとうございます。」

アハメッドがうれしそうです。

「ぎゃくのもので作るとは、すばらしい考えだったね。」

アラジンも言います。

「アブーはどう思う？　ブドウを食べるじゅんびはできてる？」

ジャスミンがいたずらっぽくたずねましたが、返事がありません。

「アブー？　いたずらっ子だなあ。どこに行ったんだ？」

アラジンがよびました。

ジャスミンがほほえんで言いました。

「たぶん、あそこよ。わたし、わかるわ。」


アラジンとアハメッドは、ブドウのあずまやへと向かうジャスミンについていきました。アブーは、ブドウのツルの下にすわり、果汁たっぷりのブドウを一粒、また一粒と口に放りこんで食べています。

「たくさん食べていいわよ、アブー。ずいぶん長いあいだおあずけだったんですもの！」

と、ジャスミンは笑うと、

「ああ、わすれるところだったわ！」

と、さけんで手を口にあてました。

ジャスミンは、おきっぱなしにしておいた袋を取りにかけより、アブーがブドウとまちがえた、アメシストを持ってきました。

「わたしの袋の中に入っていたから、ブドウにもどらなかったみたい。」

と言いながら、アメシストをアハメッドにさしだしました。

「これはあなたのよ。アブーが果樹園のかべの向こう側で見つけたの。」

アハメッドは首を横にふりました。

「いいえ、ジャスミン様。めっそうもない。感謝のしるしとして、ジャスミン様にささげたく思います。魔法をとき、果樹園をもとにもどされたのですから。ありがとうございました。」

「本当に？」

ジャスミンがたずねます。

「もちろんでございます。」

アハメッドがはっきりと言いました。

「それは、王宮に持ち帰っていただかなくてはなりません。」

「ありがとう、アハメッド。ずっとたいせつにするわ。それと……。」

ジャスミンはにっこりして言いました。

「なんでしょう？」

と、アハメッドがたずねます。

「明日の父の朝食のために、ナツメヤシとリンゴを少し、持って帰りたいの。」

「もちろんでございます！　国王陛下のために、果樹園で最高のナツメヤシとリンゴをとってまいります！」

次の朝、ジャスミンはワクワクして目を覚ましました。ジャスミンとアラジン、そしてアブーは、ゆうべおそくに帰ってきましたが、ジャスミンはそれからすぐに、お気に入りの王室おかかえの宝石職人のところに向かったのでした。

朝になり、ジャスミンは着かえると、食堂へと急ぎました。宝石職人がアメシストで作ってくれたイヤリングを、すぐにでもアラジンに見せたいのです。

それと、山もりのナツメヤシとリンゴのパンケーキを、ラジードが国王に運ぶところを見たいのです！

「おはよう、みんな。」

席に着きながら、ジャスミンが言います。

「おはよう、愛するわがむすめのジャスミンよ。」

サルタンはニコニコとこたえました。

「今日(きょう)はまたいちだんと美(うつく)しいのう。おや、そのイヤリングは新(あたら)しく作(つく)ったものか？」

ジャスミンはアラジンと目(め)を合(あ)わせました。

「そうよ、お父様(とうさま)。新(あたら)しいイヤリングよ。」

「君(きみ)と同(おな)じくらい美(うつく)しいね。」

アラジンがジャスミンにほほえみかけます。


ラジードもまた、きげんがよさそうでした。サルタンの皿(さら)の横(よこ)に、銀(ぎん)の大皿(おおざら)をおくと、得意(とくい)げに皿(さら)の上(うえ)のふたをはずしました。

あまいナツメヤシに、みずみずしいリンゴがたっぷりもりつけられたパンケーキの山(やま)に、みんなは息(いき)をのみました。

「おお、すばらしい！　これぞ、わしが朝食(ちょうしょく)に食(た)べたいものじゃ！」

サルタンが感激(かんげき)します。

「朝食？　だれか朝食って言った？」

聞きおぼえのある声が、まどの向こうから聞こえました。

ジーニーです！

「やあ、ジーニー！　いったい、いつからそこにいたんだい？」

アラジンがうれしそうです。

「今飛んできたところ。いやあ、うでがつかれたなあ。」

と、ジーニーがおどけると、うでをパタパタしながら部屋にふわりと入ってきました。

「とちゅうでクジャク小屋を通ったんだ。あのクジャクたち、ホントにきれいだねえ。それで、オレ、なにかおもしろいことを見のがしてない？」

ジャスミンとアラジンは、にっこりと意味ありげな視線を交わしました。

「おや、これはなにかな？」

ジーニーは、今話していたことをわすれ、パンケーキに目をかがやかせました。

「ナツメヤシとリンゴのパンケーキ？　これは、オレの大好物だ！　ああ、気をつかってくれなくてよかったのに。でも、せっかくだし、お礼をしないとね！」

ジーニーは大皿からパンケーキをごっそりつかみ、アブーにウインクすると、パンケーキでジャグリング（玉などを投げたり受けたりする曲芸）を始めました！

「こんなに朝早くからジャグリングが楽しめるなんて、すてきだろう？」

と、おどけて言います。

アブーはパンケーキをつかもうと、体をのばしました。いつものように、おなかがすいているのです！

少しすると、ジーニーはパンケーキをもとにもどしました。そして、サルタン国王、ジャスミン、アラジン、もちろんアブーにも、パンケーキをくばりました。

ジーニーは、パンケーキにシロップをかけるといすにすわり、

「いただきます！」

と声高に言いました。

ジャスミンはにっこりして、パンケーキの大きなひときれを口に入れました。なん

ておいしいのでしょう。

サルタン王のお気に入りのパンケーキだけでなく、テーブルにはとれたての果物がたくさんならんでいます。柿のサラダ、ザクロのスパークリング・ジュース、食べごろの果物がのったボウルや大皿もあります。

かがやく宝石がいっぱいならんだテーブルの方が美しいかもしれません、でも、ジャスミンは、この方がずっとすばらしいと思いました。すべてがもとどおりになったアグラバーは、もうなんの心配もない幸せな場所なのです！

「アナと雪の女王」シリーズ

『ディズニームービーブック
アナと雪の女王』

ISBN978-4-06-218833-3 定価：本体880円（税別）

あの感動の名作を、心にきざみつけて！
物語と映像を本で再現。

『ディズニームービーブック
アナと雪の女王
エルサのサプライズ』

ISBN978-4-06-219557-7 定価：本体780円（税別）

美しいシーン写真と文章で、短編アニメーションの世界がたっぷり楽しめます。

講談社KK文庫
『**アナと雪の女王**
＊ アレンデール城のゆうれい
＊ オラフとスヴェンの氷の配達』

ISBN978-4-06-199578-9 定価：本体740円（税別）

おたがいないしょで、同じ日にサプライズパーティーを企画したアナとエルサ。ところが偶然その日に、お城の中で秘密の通路を発見！　そこにはゆうれいが住んでいた!?　ほか1編収録。

講談社KK文庫　A22-8

リトル・マーメイド～星のネックレス～
アラジン～宝石の果樹園～

2016年11月10日　第1刷発行

「リトル・マーメイド～星のネックレス～」
文／ゲイル・ハーマン

「アラジン～宝石の果樹園～」
文／エリー・オライアン

訳／中井はるの

装丁／篠原麻衣子(パルパレット)
編集協力／小笠原桃子

発行者／清水保雅
発行所／株式会社　講談社
〒112-8001 東京都文京区音羽2-12-21
編集☎03-5395-3142
販売☎03-5395-3625
業務☎03-5395-3615

本文データ制作／講談社デジタル製作
印刷所／凸版印刷株式会社
製本所／株式会社国宝社

N.D.C.933 191p 18cm Printed in Japan ISBN978-4-06-199587-1